TERMINALE PROFESSIONNELLE

CAHIER DE PRATIQUE POUR L'ATELIER DE PHILOSOPHIE

Lila Échard

Lycée Jean Hyppolite de Jonzac (France)

Nicolas Laurens

Lycée français de Lomé, AEFE (Togo)

Les auteurs remercient :

- M. Bardyn, IA-IPR de philosophie, pour son soutien à ce projet,
- ainsi que leurs collègues du secteur philosophie du GFEN (Groupe français d'éducation nouvelle) qui ont inventé le colloque.

hachette
TECHNIQUE

VOTRE CAHIER :

Le cahier est-il disponible en **version numérique** ?

OUI

Il existe en version papier ou en **version numérique**.

Vos élèves sont **équipés de la version numérique**

Avec l'application

éducadhoc

PROFITEZ DES NOMBREUSES FONCTIONNALITÉS DISPONIBLES

Pour l'enseignant

- Vidéoprojection en classe
- Affichage des corrigés
- Échanges professeurs-élèves
- Personnalisation du manuel

Pour l'élève

- Saisie et enregistrement des réponses
- Accès smartphone

Pour tous

- Navigation simple
- Utilisation possible hors connexion
- Téléchargement clé USB
- Accès multisupport : PC, Mac, smartphones, tablettes

Testez gratuitement nos manuels numériques sur jeteste.fr/hachette

Spécial enseignants

L'Académie éducadhoc, votre nouvel espace de formation

éducadhoc

DES FORMATIONS ÉCLAIR EN 2 MINUTES CHRONO !

Maîtrisez les fonctionnalités essentielles de l'application en vous formant à votre rythme grâce à nos tutoriels dédiés et des explications étape par étape.

Les formations disponibles :

- Créer une classe sur éducadhoc
- Utiliser l'enregistrement audio
- Naviguer dans mon manuel
- Télécharger mon manuel
- Exporter mon manuel sur clé USB

DES WEBINAIRES POUR APPROFONDIR

Découvrez nos astuces et conseils pour aller plus loin dans votre utilisation.

De nombreuses formations sont disponibles tout au long de l'année. Restez connectés !

Retrouvez l'ensemble des vidéos sur educadhoc.fr

MODE D'EMPLOI

Y a-t-il des ressources numériques accessibles à tous ?

OUI, à flasher sur le manuel papier (hachette-clic.fr/22philo) ou en un clic depuis le manuel numérique :

Tous les enregistrements audio des textes des philosophes

Vous êtes Georg Wilhelm Friedrich **HEGEL**

Philosophe allemand du XIXe siècle, vous avez pensé à tout et vous avez pensé le tout : vous défendez une pensée systémique fondée sur un processus de dépassement des oppositions qu'on appelle la dialectique. Alexandre Kojève participe à la redécouverte de votre philosophie en France au XXe siècle.

Le Travail « apparaît » pour la première fois dans la Nature sous forme du travail servile imposé par le premier Maître à son premier Esclave (qui s'est, **d'ailleurs**, soumis à lui volontairement, puisqu'il aurait pu échapper à la servitude et au travail en acceptant la mort dans le combat, ou en se suicidant après sa défaite). Le Maître fait travailler l'Esclave pour

Y a-t-il des ressources réservées aux enseignants ?

OUI, pour vous accompagner tout au long de l'année

Le livre du professeur
Un guide pour la mise en place de l'atelier de philosophie et l'animation du jeu de rôles disponible en téléchargement sur
hachette-education.com

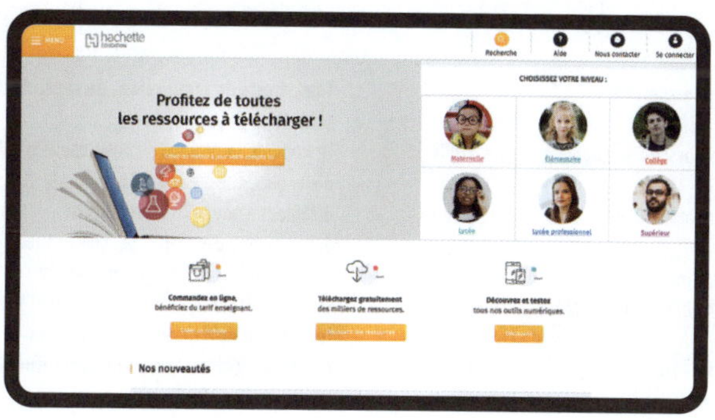

Crédits iconographiques

COUVERTURE • Plat 1 : Istock/SDI Productions (garçon) ; Istock/FatCamera (fille blonde) ; Istock/SDI Productions (fille brune) ; dessins de Léna Gibert ; pictogrammes (plats 1 et 4) : The Noun Project By Chattapat.

Rabat 1re de couverture : © Adagp, Paris, 2022 - PHOTO : Centre Pompidou, MNAM-CCI, Dist. RMN-Grand Palais / Philippe Migeat

Rabat 4e de couverture (de gauche à droite et de haut en bas) : akg-images / CDA / Guillemot ; Bridgeman Images ; akg-images ; André Le Grand - Photo © Musée du Louvre, Dist. RMN-Grand Palais / Laurent Chastel ; akg-images ; akg-images ; © The Solomon R. Guggenheim Foundation / Art Resource, NY, Dist. RMN-Grand Palais/ The Solomon R. Guggenheim Foundation / Art Resource, NY ; Lewis Hine Courtesy National Archives, photo no. 102-LH-1 950 ; ©Underwood Archives/Leemage ; © Succession Brancusi - All rights reserved Adagp, 2022 - Photo © Centre Pompidou, MNAM-CCI, Dist. RMN-Grand Palais / Georges Meguerditchian ; © Adagp, Paris, 2022 - Digital Image © 2022 Museum Associates /LACMA. Licenciée par Dist. RMN-Grand Palais / image LACMA ; Bridgeman Images ; Maurits Cornelis Escher / The M.C. Escher Company ; Kosuth Joseph © Adagp, Paris, 2022 - PHOTO : Centre Pompidou, MNAM-CCI, Dist. RMN-Grand Palais / Philippe Migeat ; © Estate of Roy Lichtenstein New York / Adagp, Paris, 2022 Clichés : Banque d'Images de l'Adagp ; akg-images © Duane Hanson / Adagp, Paris, 2021 ; Keith Haring artwork © Keith Haring Foundation ; REUTERS/Arthur Tsang ; Courtesy of Pest Control Office, Banksy, Beit Sahour, Palestine, 2005 ; Edward Burtynsky ; Patrick Tourneboeuf / Tendance Floue ; Denis Darzacq / Agence VU' ; Frédéric Pauwels ; Georges Rousse © Adagp, Paris, 2021.

INTÉRIEUR • Anonyme (affiche) : **5w, 72c** © Underwood Archives/Leemage ; Anonyme (photo) : **5v, 73a** Bridgeman Images ; Banksy : **5x, 73b** Courtesy of Pest Control Office, Banksy, Beit Sahour, Palestine, 2005 ; Blake : **5p, 57a** akg-images ; Brancusi : **5q, 56b** © Succession Brancusi - All rights reserved Adagp, 2022 - Photo © Centre Pompidou, MNAM-CCI, Dist. RMN-Grand Palais / Georges Meguerditchian ; de Bry : **5r, 56c** Bridgeman Images ; Burtynsky : **5l, 41a** Edward Burtynsky ; Darzacq : **5g, 25b** Denis Darzacq / Agence VU' ; Escher : **5f, 24b** Maurits Cornelis Escher / The M.C. Escher Company ; Michel-Ange : **5h, 40a** akg-images / CDA / Guillemot ; Goya : **5j, 41b** akg-images ; Hanson : **5i, 40b** akg-images © Duane Hanson / Adagp, Paris, 2021 ; Haring : 5u, 72b Keith Haring artwork © Keith Haring Foundation ; Hine : **5b, 29** Lewis Hine Courtesy National Archives, photo no. 102-LH-1950 ; Kosuth : **5a, 13** Kosuth Joseph © Adagp, Paris, 2022 - PHOTO : Centre Pompidou, MNAM-CCI, Dist. RMN-Grand Palais / Philippe Migeat ; Le Grand : **5o, 56a** André Le Grand - Photo © Musée du Louvre, Dist. RMN-Grand Palais / Laurent Chastel ; Lichtenstein : **5s, 57b** © Estate of Roy Lichtenstein New York / Adagp, Paris, 2022 Clichés : Banque d'Images de l'Adagp ; Magritte : **5c, 24a** © Adagp, Paris, 2022 - Digital Image © 2022 Museum Associates /LACMA. Licenciée par Dist. RMN-Grand Palais / image LACMA ; Pauwels : **5e, 25a** Frédéric Pauwels ; Renoir : 5m, 45 akg-images ; Rousse : **5d, 24c** Georges Rousse © Adagp, Paris, 2021 ; Rousseau : **5k, 40c** © The Solomon R. Guggenheim Foundation / Art Resource, NY, Dist. RMN-Grand Palais/ The Solomon R. Guggenheim Foundation / Art Resource, NY ; Tourneboeuf : **5t, 72a** Patrick Tourneboeuf / Tendance Floue ; Tsang : **5n, 10, 61** REUTERS/Arthur Tsang.

Couverture et maquette intérieure : Anne-Danielle Naname
Mise en page et adaptation : Anne Leprince
Iconographie : Elise Paillоncy
Dessins : Léna Gibert
Responsables du projet : Juliette Beau et Aygline Bonzon
Fabrication : Yoann Le Berre

www.hachette-education.com

58, rue Jean-Bleuzen - 92178 Vanves Cedex
ISBN : 978-2-01-714611-7

Hachette Éducation s'engage pour la préservation de l'environnement

Depuis plusieurs années, nous mettons en place **des solutions innovantes et écoresponsables**, en concertation avec nos fournisseurs, pour **limiter notre empreinte carbone et diminuer l'utilisation du plastique**, en suivant **5 grands objectifs** :

1. **Optimiser les formats** des ouvrages
2. **Utiliser du papier certifié**
3. **Réduire** autant que possible **le grammage du papier**
4. **Supprimer** peu à peu **le pelliculage plastique** de nos couvertures
5. **Imprimer** nos ouvrages **en France ou en Europe**

PAPIER CERTIFIÉ

hachette s'engage pour l'environnement en réduisant l'empreinte carbone de ses livres. Celle de cet exemplaire est de :
0,950 kg éq. CO_2
Rendez-vous sur www.hachette-durable.fr

SOMMAIRE

1 En vrai ? p. 12

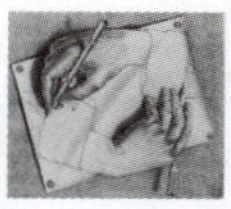

2 Au travail ! p. 28

3 Naturellement... p. 44

4 Obéis ! p. 60

LA PRÉSENTATION DU CAHIER

Grâce à ce cahier, nous vous proposons d'apprendre à faire de la philosophie en combinant plusieurs activités **autour d'un colloque.**

Un colloque, qu'est-ce que c'est ?

C'est un rassemblement de personnes qui ont toutes la même préoccupation et qui se retrouvent pour en parler. Dans les formations du supérieur ou dans les entreprises, on organise des colloques sur des thématiques variées. Les acteurs d'un domaine se retrouvent pour **partager leur point de vue et essayer de faire avancer les choses.**

Par exemple, l'université de Dunkerque a organisé en janvier 2022 un colloque sur le thème « Concevoir la ville de demain », et un groupement d'écoles, également en 2022, à Angers, un colloque sur « Les territoires de la gastronomie ».

Et vous ? Vous allez participer à 4 colloques de philosophes, dont les thèmes seront **la vérité**, **le travail**, **la nature humaine** et **la justice.**

Pour la présentation du colloque pas à pas
voir pages 10-11

Comment préparer votre colloque ?

1 En vous inspirant d'images

- Pour trouver **en classe entière** les questions qui se posent et que vous aimeriez traiter.

et

- Pour trouver des liens, **en groupe**, avec votre texte.

2 En utilisant un code couleur

La lecture et le surlignage du texte de votre philosophe, **en groupe**, vous permettront de comprendre son raisonnement et l'idée qu'il défend. Le code couleur vous aidera à identifier les **gestes philosophiques** qu'il met en œuvre dans ce texte.

Pour la présentation du code couleur voir pages 8-9

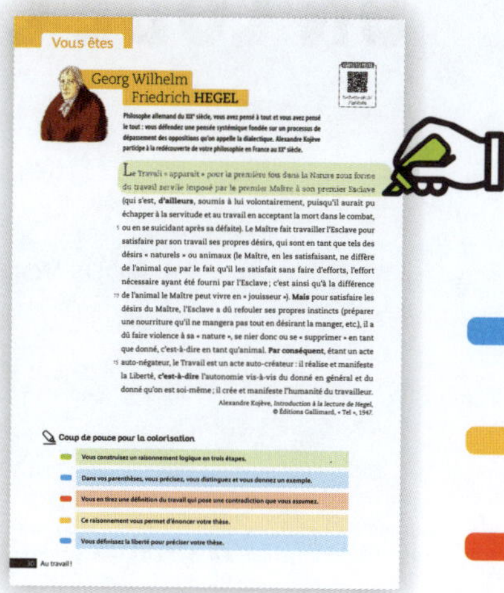

3 En incarnant un philosophe

- Vous représenterez votre philosophe **pendant le colloque** : vous l'incarnerez, défendrez ses idées.
- Vous poserez sur votre table la carte-portrait de votre philosophe.
- Vous utiliserez la carte de la couleur adéquate pour indiquer le geste philosophique mis en œuvre dans votre prise de parole.

Dépliant des cartes à détacher

Lexique voir page 76

4 En complétant des tableaux

Organisés suivant le code couleur, ils permettent de structurer la pensée de l'auteur et, en même temps, votre propre pensée.

- **AVANT LE COLLOQUE**, pour rassembler les idées de votre philosophe avant de le représenter pendant le colloque. *Des cases sont préremplies pour vous aider.*
- **PENDANT LE COLLOQUE**, pour prendre des notes sur ce que disent les « autres philosophes » et synthétiser la pensée de votre auteur.
- **APRÈS LE COLLOQUE**, pour rassembler vos idées et rédiger votre réponse personnelle à la question du colloque.

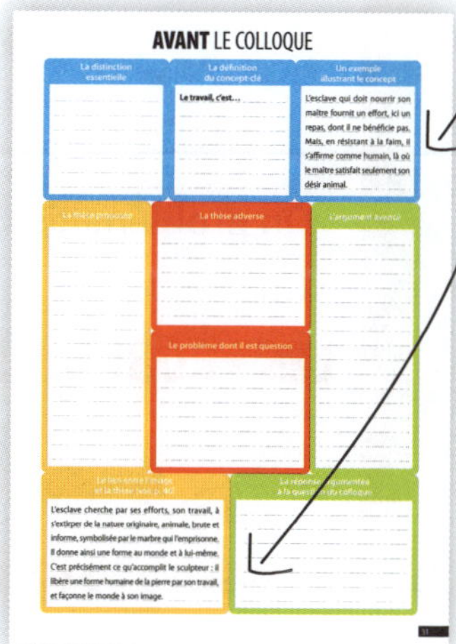

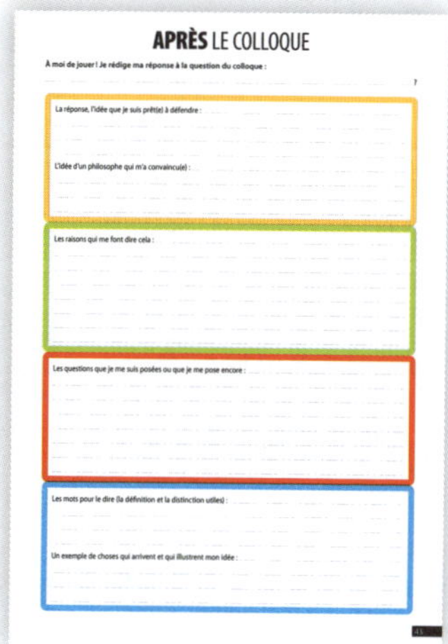

UN CODE COULEUR POUR PHILOSOPHER

Nous vous proposons une méthode avec un code couleur.
Celui-ci va vous permettre :

- de **repérer les gestes philosophiques**, pour **comprendre comment on fait de la philosophie**
- de **mettre en pratique ces gestes**, pour **apprendre à faire de la philosophie.**

À chaque couleur correspond un geste philosophique

BLEU	JAUNE	VERT	ROUGE
Le ciel	Le soleil	« On passe »	« On ne passe pas »
C'est l'élévation vers le ciel des concepts	C'est la lumière d'une idée instructive	C'est ce qui m'autorise à avancer une idée	C'est ce qui m'empêche d'avancer
• du concret et des exemples de la réalité • à l'abstrait et aux concepts	• c'est lumineux • c'est précieux • ça m'éclaire	• la justification • l'argument • l'organisation méthodique de la pensée	• un obstacle • un problème • une difficulté
↓	↓	↓	↓
On conceptualise	**On éclaire**	**On argumente**	**On problématise**
LES MOTS ET LES CHOSES	**LES IDÉES**	**LES RAISONS**	**LES PROBLÈMES**

Des textes à coloriser

- Avec ce code couleur, vous colorisez le texte de votre philosophe en surlignant votre cahier.
- Pour vous aider à identifier les quatre gestes philosophiques, vous trouverez sous chaque texte un **coup de pouce pour la colorisation du texte** qui suit son ordre. Les mots **en gras** correspondent à des indices importants.

L'auteur formule une idée	→	Je formule une idée
Il conceptualise	→	Je conceptualise
Il argumente	→	J'argumente
Il problématise	→	Je problématise

Des tableaux à remplir

- Vous aurez trois types de tableau à remplir, ils sont tous **ordonnés selon le code couleur** pour vous aider dans votre démarche philosophique.
- Un lexique en fin d'ouvrage vous renseigne sur les termes difficiles.

Des couleurs à articuler

- Les quatre gestes philosophiques sont ici séparés avec le code couleur, mais ils sont en réalité articulés, liés et solidaires : **on ne peut problématiser sans conceptualiser, on ne peut argumenter sans avancer une idée.**

La philosophie, c'est l'ensemble de ces quatre gestes dans un même mouvement de pensée unifié.

- Le cœur de la démarche philosophique consiste à ne pas se contenter de ce qui est facile à penser et donc, à essayer de comprendre ce qui pose problème.

Voir le triangle sur les rabats

LE COLLOQUE PAS À PAS

AVANT LE COLLOQUE

1 • Vous réfléchissez **tous ensemble** à partir d'une **image** sur le thème pour formuler des questions que vous aimeriez traiter et en choisir une pour le colloque.

• Vous écrivez la **question choisie** au tableau et vous ne la perdez pas de vue.

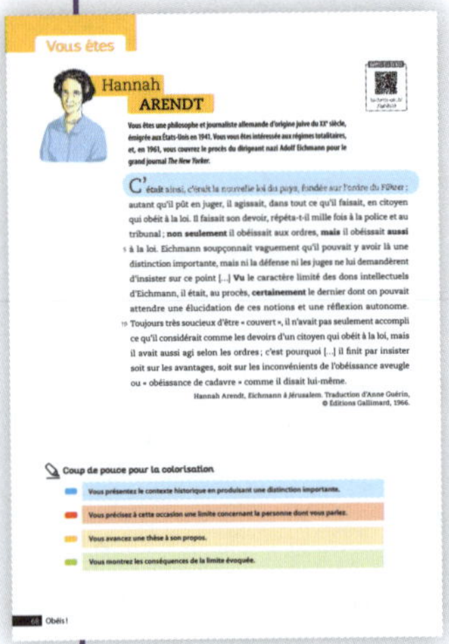
Vous êtes
Hannah
ARENDT

2 • Vous lisez et colorisez, **en groupe**, le **texte** d'un philosophe pour vous approprier ses idées : chaque groupe est un philosophe. Il y aura 4 ou 5 philosophes au colloque.

• Vous trouverez un lexique en fin d'ouvrage.

3 • Vous complétez le tableau à droite du texte pour structurer vos idées et déterminer la réponse que ferait votre philosophe à la question choisie.

Des cases sont préremplies pour vous aider.

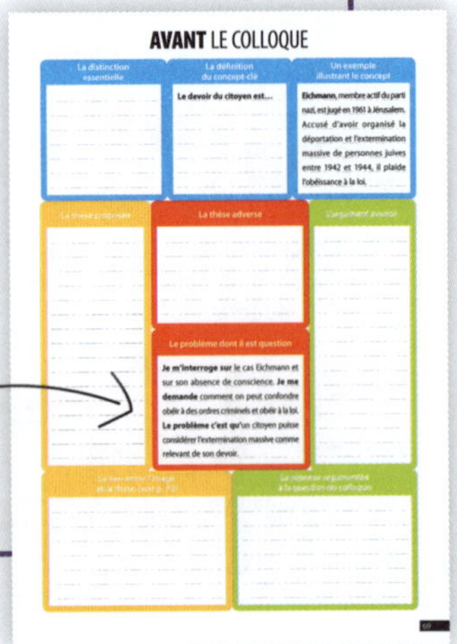
AVANT LE COLLOQUE

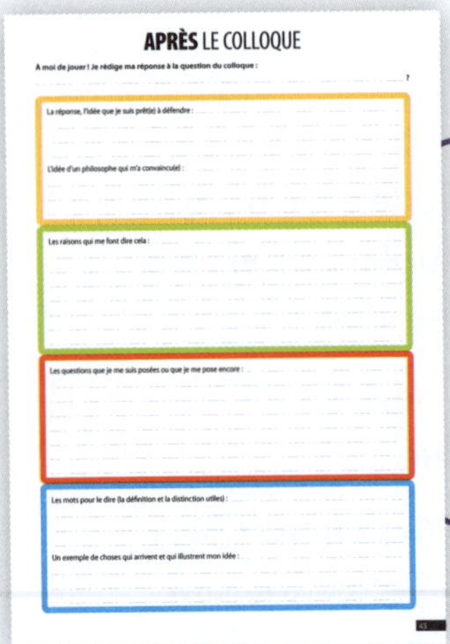
APRÈS LE COLLOQUE

APRÈS LE COLLOQUE

Vous formulez **votre réponse** à la question du colloque en suivant le fil directeur proposé : ce sont **vos idées**, c'est **votre pensée**, **vos questions et problèmes, les définitions et distinctions** qui vous sont utiles et **l'exemple** qui vous permet d'illustrer votre réponse.

C'est à **vous** de jouer, à **vous** de penser et de philosopher !

LE COLLOQUE

- Vous disposez autant de tables qu'il y a de philosophes, en carré ou en rond, pour qu'ils puissent se parler.
- Vous placez le **portrait** de votre philosophe sur votre table.
- Vous décidez qui, dans le groupe, incarne le philosophe (1 ou 2 élèves).
- Vous pouvez désigner un élève qui organisera et distribuera la parole.
- Pendant le colloque, vous **discutez** ensemble de la question :
  - chaque philosophe présente sa position lors d'un premier tour de table
  - en essayant de comprendre les arguments des autres
  - en les questionnant et en leur faisant des objections
  - en leur demandant des précisions et en proposant des exemples.
- Vous cherchez à savoir avec qui vous êtes d'accord et sur quels points.
- Vous cherchez à savoir avec qui vous êtes en désaccord et sur quels points.
- Vous cherchez à avancer dans le traitement de la question.
- Pour vous aider à garder en tête les différents points de vue, vous prenez des notes dans **le tableau « Pendant le colloque »**.
- Ceux qui n'incarnent pas le philosophe restent silencieux, prennent des notes pendant le colloque et préparent des interventions ou des questions que le maître de parole pourra accorder.

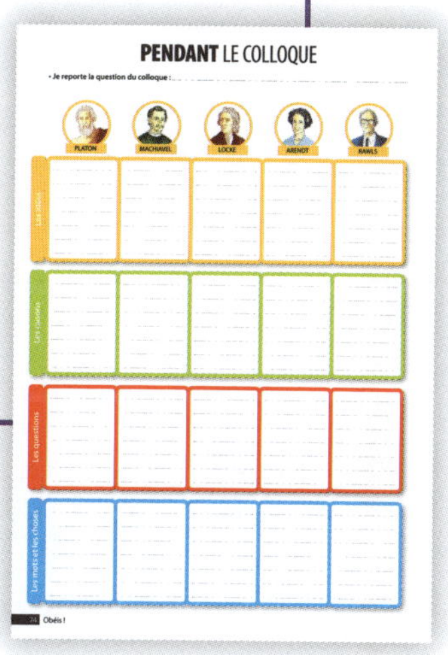

1 En vrai ?

- Écrivez 3 mots-clés pour cette image :

– ....

– ....

– ....

- Quel est le contraire de chacun des mots-clés trouvés ?

– ....

– ....

– ....

- Quelle histoire vous racontez-vous à partir de cette image ?

....

- À partir d'un ou deux de ces mots, formulez une hypothèse : que nous dit cette image ?

....

- Quelle objection peut-on opposer à cette hypothèse ?

....

Joseph KOSUTH, *One and Three Chairs* (1965)

● **À partir de cette objection, quelles questions pourriez-vous formuler ?** *Essayez de formuler des questions qui posent problème parce qu'il y a plusieurs réponses possibles.*

● **Quelle question la classe choisit-elle de traiter ?**

Vous êtes

Baruch SPINOZA

AUDIO DU TEXTE
hachette-clic.fr/22philo01

Vous êtes un philosophe du XVIIe siècle, très attaqué par les milieux religieux pour votre pensée politique et morale. Pour vous, le bien supérieur est de vivre sous le gouvernement de la raison, et la connaissance est à la fois libération et joie. Vous l'établissez dans votre œuvre posthume majeure : l'*Éthique*.

La première signification donc de *Vrai* et de *Faux* semble avoir son origine dans les récits ; et l'on a dit vrai un récit, **quand** le fait raconté était réellement arrivé ; faux, **quand** le fait raconté n'était arrivé nulle part. Plus tard, les Philosophes ont employé le mot pour désigner l'accord d'une idée avec son objet ; ainsi, **l'on appelle** Idée Vraie celle qui montre une chose comme elle est en elle-même ; Fausse, celle qui montre une chose autrement qu'elle n'est en réalité. Les idées ne sont pas autre chose en effet que des récits ou des histoires de la nature dans l'esprit. Et **de là on en est venu à** désigner de la même façon, par métaphore, des choses inertes ; ainsi, quand nous disons de l'or vrai ou de l'or faux, comme si l'or qui nous est présenté racontait quelque chose sur lui-même, ce qui est ou n'est pas en lui.

Baruch Spinoza, *Pensées métaphysiques*. Traduction de Charles Appuhn,

Coup de pouce pour la colorisation

- Vous dégagez des raisons ou des explications.
- Elles vous permettent de définir ce qu'est une idée vraie et ce qu'est une idée fausse.
- Vous formulez une affirmation essentielle.
- Vous dégagez à partir de là une confusion qui vous pose problème.

AVANT LE COLLOQUE

La distinction essentielle

D'un côté, les idées, le récit, les histoires qui existent dans l'esprit : c'est ce qui peut être dit vrai ou faux. **De l'autre,** les choses, la réalité, la nature, les faits : c'est ce qui est réellement arrivé.

La définition du concept-clé

Est vraie une idée qui…

Un exemple illustrant le concept

Penser que cette case est à droite en haut du tableau et qu'elle correspond à la case « Un exemple illustrant le concept » : cette idée, si vous l'avez, est vraie. Dire que cette case est jaune, c'est faux.

La thèse proposée

La thèse adverse

L'argument avancé

Le problème dont il est question

Le lien entre l'image et la thèse (voir p. 24)

La réponse argumentée à la question du colloque

AUDIO DU TEXTE

hachette-clic.fr/
22philo02

René DESCARTES

Vous êtes l'auteur du fameux « Je pense, donc je suis ». Vous avez confiance dans les pouvoirs de la raison de l'homme pour atteindre la vérité, c'est en cela qu'on dit de vous que vous êtes rationaliste. Bien qu'écrivant au XVIIe siècle, vous marquez la postérité tant en mathématiques qu'en philosophie.

Quand donc on dit *qu'un bâton paraît rompu dans l'eau, à cause de la réfraction*, c'est de même que si l'on disait qu'il nous paraît d'une telle façon qu'un enfant jugerait de là qu'il est rompu et qui fait aussi que, selon les préjugés auxquels nous sommes accoutumés dès notre enfance, nous jugeons la même chose. **Mais** je ne puis demeurer d'accord de ce que l'on ajoute ensuite, à savoir que *cette erreur n'est point corrigée par l'entendement, mais par le sens de l'attouchement* : **car** bien que ce sens nous fasse juger qu'un bâton est droit, [...] il est besoin que nous ayons quelque raison, qui nous enseigne que nous devons en cette rencontre, nous fier plutôt au jugement que nous faisons ensuite de l'attouchement, qu'à celui où semble nous porter le sens de la vue ; laquelle raison n'ayant point été en nous dès notre enfance, ne peut être attribuée au sens, mais au seul entendement ; et partant, dans cet exemple même, **c'est** l'entendement seul qui corrige l'erreur du sens.

René Descartes, *Méditations métaphysiques*, © Éditions Flammarion, 1992.

Coup de pouce pour la colorisation

- Vous analysez un exemple.
- Vous contestez une idée.
- Vous justifiez pourquoi vous la contestez.
- Vous concluez à votre thèse.

AVANT LE COLLOQUE

La distinction essentielle

La définition du concept-clé

Le jugement est…

Un exemple illustrant le concept

La thèse proposée

La thèse adverse

Le problème dont il est question

L'argument avancé

L'entendement, seul, peut corriger l'erreur des sens, **parce qu**'il est indépendant de l'expérience sensible et qu'il intervient en premier dans tout jugement. Il perçoit le monde extérieur grâce aux idées qu'il trouve en lui-même, et c'est de lui-même qu'il trouve les raisons de se méfier des impressions sensibles, et de leur prétention à nous mettre en relation directe avec la chose sentie.

Le lien entre l'image et la thèse (voir p. 24)

La réponse argumentée à la question du colloque

Vous êtes

AUDIO DU TEXTE
hachette-clic.fr/22philo03

Emmanuel KANT

Philosophe des Lumières en Allemagne, vous apportez au XVIIe siècle votre contribution en faisant comparaître la raison devant un tribunal. Votre objectif ? Déterminer ce que la raison peut connaître, et ce que la raison croit pouvoir connaître alors que cela lui est impossible.

La vérité, **dit-on**, consiste dans l'accord de la connaissance avec l'objet. Selon cette simple définition de mot, ma connaissance doit donc s'accorder avec l'objet pour avoir valeur de vérité. **Or** le seul moyen que j'ai de comparer l'objet avec ma connaissance *c'est que je le connaisse*. **Ainsi** ma connaissance doit se confirmer elle-même ; mais c'est bien loin de suffire à la vérité. **Car** puisque l'objet est hors de moi et que la connaissance est en moi, tout ce que je puis apprécier c'est si ma connaissance de l'objet s'accorde avec ma connaissance de l'objet. [...] Il en est de cette définition de la vérité **comme** d'un homme qui ferait une déposition au tribunal et invoquerait comme témoin quelqu'un que personne ne connaît, mais qui voudrait être cru en affirmant que celui qui l'invoque comme témoin est un honnête homme.

Emmanuel Kant, *Logique*. Traduction de Louis Guillermit,

Coup de pouce pour la colorisation

- Vous analysez une définition commune de la vérité.
- Vous faites apparaître la difficulté que pose une telle définition.
- Vous en tirez l'idée que vous défendez : elle est problématique.
- Vous justifiez votre idée.
- Pour critiquer cette définition, vous proposez un exemple (et c'est une analogie).

AVANT LE COLLOQUE

La distinction essentielle

La définition du concept-clé

La vérité consiste…

Un exemple illustrant le concept

La thèse proposée

La thèse adverse

La vérité consiste dans l'adéquation de la chose et de l'esprit, et cela suffit. Le critère de vérité d'une proposition est qu'elle s'accorde avec l'objet qu'elle cherche à connaître. L'esprit ne se trompe pas sur ce qu'est l'objet.

Le problème dont il est question

Je m'interroge sur la justesse de la définition commune de la vérité. **Je me demande si** je peux saisir l'objet indépendamment de ma pensée pour vérifier qu'il y a bien correspondance entre elle et l'objet. **Le problème est que** je ne peux connaître l'objet que de la façon dont je le vois.

L'argument avancé

Le lien entre l'image et la thèse (voir p. 24)

La réponse argumentée à la question du colloque

Bertrand RUSSELL

AUDIO DU TEXTE
hachette-clic.fr/22philo04

Philosophe anglais du XXe siècle, vous êtes aussi logicien, mathématicien et homme politique. Vous avez cherché à fonder une philosophie scientifique. Vos thèses reposent sur l'analyse logique du langage, ce qui fait de vous le père de ce qu'on appelle la « philosophie analytique ».

Le premier point qu'il importe de clarifier concerne la relation à l'esprit du vrai et du faux. Autant nous avions raison de dire que seuls les jugements peuvent être dits vrais ou faux, autant il est clair que le vrai et le faux n'existent que là où se trouvent des esprits pour juger. Néanmoins, il est également clair que la vérité ou la fausseté d'un jugement donné ne dépend en aucune manière de la personne qui juge, **mais** seulement des faits sur lesquels porte son jugement. **Si** je juge que Charles Ier est mort dans son lit, mon jugement est faux, non pas en raison d'une chose qui entrerait en rapport avec moi, mais parce qu'en fait il n'est pas mort dans son lit. De manière analogue, si je juge qu'il est mort sur l'échafaud, mon jugement est vrai à cause d'un événement qui, en fait, s'est produit il y a deux cent soixante ans. **Ainsi**, la vérité ou la fausseté d'un événement possède toujours un fondement objectif.

Bertrand Russell, *Essais philosophiques*, « De la nature du vrai et du faux ».
Traduction de François Clémentz et Jean-Pierre Cometti,
© PUF, « L'interrogation philosophique », 1997.

Coup de pouce pour la colorisation

- (rouge) Vous faites apparaître un point difficile à comprendre qu'il est nécessaire de clarifier.
- (vert) Cette difficulté vous conduit à avancer un argument important.
- (bleu) L'analyse d'un exemple vous permet de clarifier votre argument.
- (jaune) Votre thèse sur la vérité peut être énoncée à partir de ce qui précède.

AVANT LE COLLOQUE

La distinction essentielle

D'un côté, ce qui est subjectif et qui relève de l'esprit ou de la personne qui porte un jugement. **De l'autre, ce qui** est objectif, qui s'est effectivement produit, ou qui s'est passé dans les faits.

La définition du concept-clé

Un fait est…

Un exemple illustrant le concept

La thèse proposée

La thèse adverse

L'argument avancé

Le problème dont il est question

Le lien entre l'image et la thèse (voir p. 25)

Il s'agit de reconstituer la bataille de Waterloo sur son lieu même, au plus près des événements passés tels que nous les connaissons, et de la manière la plus vraisemblable possible. Ce travail témoigne d'une volonté de vérité historique et repose sur un fondement objectif, bien que celui-ci ne soit, en réalité, qu'une fiction.

La réponse argumentée à la question du colloque

Vous êtes

Ludwig WITTGENSTEIN

AUDIO DU TEXTE
hachette-clic.fr/22philo05

Philosophe et mathématicien autrichien, puis britannique, vous opérez ce qu'on appelle le « tournant linguistique » en faisant précéder le travail conceptuel de la philosophie d'une analyse du langage. Vous êtes vu comme un génie, notamment par votre professeur Bertrand Russell.

148. **Pourquoi** ne m'assuré-je pas que j'ai encore deux pieds lorsque je veux me lever de mon siège ? Il n'y a pas de pourquoi. Simplement, je ne le fais pas. C'est ainsi que j'agis. [...]

150. **Comment** un homme juge-t-il quelle est sa main droite et quelle est sa main gauche ? Comment sais-je que mon jugement coïncidera avec celui d'autrui ? Comment sais-je que cette couleur est du bleu ? Si dans ces cas je ne *me* fais pas confiance, pourquoi irais-je faire confiance au jugement d'autrui ? Ne dois-je pas commencer quelque part à faire confiance au jugement d'autrui ? **Y a-t-il un pourquoi ?** Ne dois-je pas commencer quelque part à faire confiance ? C'est-à-dire : **il faut** que quelque part je commence à ne pas douter ; et ce n'est pas là, pour ainsi dire, une procédure trop précipitée mais excusable ; non, cela est inhérent à l'acte de juger.

Ludwig Wittgenstein, *De la certitude*. Traduction de Danièle Moyal-Sharrock,

Coup de pouce pour la colorisation

- Vous posez une question.
- Vous y répondez par un constat.
- Vous posez d'autres questions mais vous n'y apportez aucune réponse.
- Les questions suivantes que vous posez font avancer votre raisonnement.
- Elles vous permettent d'énoncer votre thèse.
- Votre thèse est précisée par une distinction qui nuance votre propos, puis par une définition.

AVANT LE COLLOQUE

La distinction essentielle

La définition du concept-clé

L'acte de faire confiance consiste…

Un exemple illustrant le concept

La thèse proposée

Rien ne peut commencer tant qu'on doute, c'est-à-dire tant qu'on cherche un fondement assuré à nos jugements. Le fait est que l'on n'attend pas de détenir la vérité pour commencer à vivre. Toute action et tout jugement impliquent d'avoir renoncé à répondre à certaines questions pourtant légitimes. Ils reposent sur l'acte de faire confiance comme procédure incontournable de suspension du doute.

La thèse adverse

Le problème dont il est question

L'argument avancé

Le lien entre l'image et la thèse (voir p. 25)

La réponse argumentée à la question du colloque

Des œuvres en lien avec des idées

En lien avec
SPINOZA

René MAGRITTE,
La Trahison des images [Ceci n'est pas une pipe] (1929)
Cette peinture célèbre représente une pipe sous laquelle est écrit « Ceci n'est pas une pipe ». Pourquoi l'artiste parle-t-il de trahison des images ? Qu'est-ce que l'image ne fait pas, tout en en donnant l'apparence ?

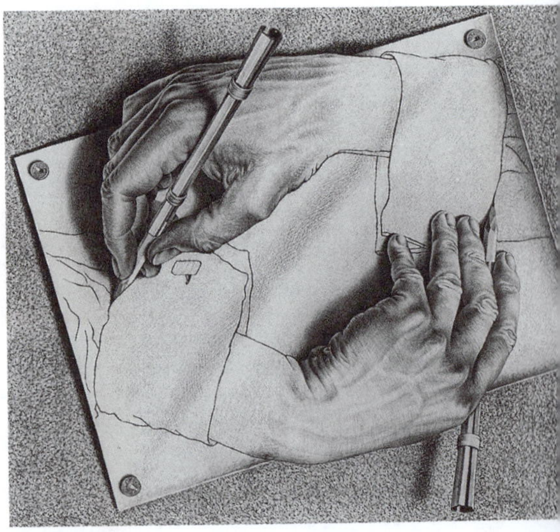

En lien avec
DESCARTES

Georges ROUSSE,
Ici et maintenant (2021)
Dans le musée de Vence, l'artiste propose, comme à son habitude, une anamorphose. C'est une forme que l'on ne peut voir qu'à partir d'un certain point de vue, ici un polygone jaune constitué de parties se trouvant dans deux salles différentes du musée.

En lien avec

RUSSELL

Frédéric PAUWELS,
série « Bicentenaire de la bataille de Waterloo » (2015)

Reconstituer « en vrai » en 2015 une bataille qui s'est déroulée en 1815 en Belgique, et qui a conduit à la défaite de l'armée française menée par Napoléon, tel est le défi dont cette photo est le témoin !

En lien avec

KANT

Maurits Cornelis ESCHER,
Mains dessinant (1948)

Une main qui dessine l'autre main qui dessine la première main… Laquelle dessine ? La main peut-elle être dessinée par autre chose qu'une main ? Escher est un artiste coutumier de cette « boucle étrange » nous amenant à réfléchir sur les régressions à l'infini que produit notre esprit.

En lien avec

WITTGENSTEIN

Denis DARZACQ, série « Hyper » (2010)

Cette photographie appartient à une série réalisée avec des danseurs, dont l'objet est de saisir le mouvement au vol, comme suspendu et figé alors même que la pose est intenable. Suis-je encore dans les airs ? Puis-je me suspendre ? Mes pieds ne sont-ils pas déjà redescendus au sol ?

PENDANT LE COLLOQUE

• **Je reporte la question du colloque :** ....

SPINOZA

DESCARTES

KANT

RUSSELL

WITTGENSTEIN

	SPINOZA	DESCARTES	KANT	RUSSELL	WITTGENSTEIN
Les idées					
Les raisons					
Les questions					
Les mots et les choses					

APRÈS LE COLLOQUE

À moi de jouer ! Je rédige ma réponse à la question du colloque :

....?

La réponse, l'idée que je suis prêt(e) à défendre : ....

L'idée d'un philosophe qui m'a convaincu(e) : ....

Les raisons qui me font dire cela : ....

Les questions que je me suis posées ou que je me pose encore : ....

Les mots pour le dire (la définition et la distinction utiles) : ....

Un exemple de choses qui arrivent et qui illustrent mon idée : ....

2 Au travail !

- Écrivez 3 mots-clés pour cette image :

– ....

– ....

– ....

- Quel est le contraire de chacun des mots-clés trouvés ?

– ....

– ....

– ....

- Quelle histoire vous racontez-vous à partir de cette image ?

....

....

....

....

....

....

- À partir d'un ou deux de ces mots, formulez une hypothèse : que nous dit cette image ?

....

....

....

....

....

....

....

....

....

....

- Quelle objection peut-on opposer à cette hypothèse ?

....

....

....

....

....

....

....

....

....

....

....

Lewis Wickes HINE, *Breaker Boys. Hughestown Borough Coal Co., Pittston, Pennsylvania* (v. 1912)

- **À partir de cette objection, quelles questions pourriez-vous formuler ?** *Essayez de formuler des questions qui posent problème parce qu'il y a plusieurs réponses possibles.*

- **Quelle question la classe choisit-elle de traiter ?**

AUDIO DU TEXTE
hachette-clic.fr/22philo06

Georg Wilhelm Friedrich **HEGEL**

Philosophe allemand du XIXe siècle, vous avez pensé à tout et vous avez pensé le tout : vous défendez une pensée systémique fondée sur un processus de dépassement des oppositions qu'on appelle la dialectique. Alexandre Kojève participe à la redécouverte de votre philosophie en France au XXe siècle.

Le Travail « apparaît » pour la première fois dans la Nature sous forme du travail servile imposé par le premier Maître à son premier Esclave (qui s'est, **d'ailleurs**, soumis à lui volontairement, puisqu'il aurait pu échapper à la servitude et au travail en acceptant la mort dans le combat, ou en se suicidant après sa défaite). Le Maître fait travailler l'Esclave pour satisfaire par son travail ses propres désirs, qui sont en tant que tels des désirs « naturels » ou animaux (le Maître, en les satisfaisant, ne diffère de l'animal que par le fait qu'il les satisfait sans faire d'efforts, l'effort nécessaire ayant été fourni par l'Esclave ; c'est ainsi qu'à la différence de l'animal le Maître peut vivre en « jouisseur »). **Mais** pour satisfaire les désirs du Maître, l'Esclave a dû refouler ses propres instincts (préparer une nourriture qu'il ne mangera pas tout en désirant la manger, etc.), il a dû faire violence à sa « nature », se nier donc ou se « supprimer » en tant que donné, c'est-à-dire en tant qu'animal. **Par conséquent**, étant un acte auto-négateur, le Travail est un acte auto-créateur : il réalise et manifeste la Liberté, **c'est-à-dire** l'autonomie vis-à-vis du donné en général et du donné qu'on est soi-même ; il crée et manifeste l'humanité du travailleur.

Alexandre Kojève, *Introduction à la lecture de Hegel*,

Coup de pouce pour la colorisation

- (vert) Vous conduisez un raisonnement logique en trois étapes.
- (bleu) Dans vos parenthèses, vous précisez, vous distinguez et vous donnez un exemple.
- (rouge) Vous en tirez une définition du travail qui pose une contradiction que vous assumez.
- (jaune) Ce raisonnement vous permet d'énoncer votre thèse.
- (bleu) Vous définissez la liberté pour préciser votre thèse.

AVANT LE COLLOQUE

La distinction essentielle

La définition du concept-clé

Le travail, c'est…

Un exemple illustrant le concept

L'esclave qui doit nourrir son maître fournit un effort, ici un repas, dont il ne bénéficie pas. Mais, en résistant à la faim, il s'affirme comme humain, là où le maître satisfait seulement son désir animal.

La thèse proposée

La thèse adverse

Le problème dont il est question

L'argument avancé

Le lien entre l'image et la thèse (voir p. 40)

L'esclave cherche par ses efforts, son travail, à s'extirper de la nature originaire, animale, brute et informe, symbolisée par le marbre qui l'emprisonne. Il donne ainsi une forme au monde et à lui-même. C'est précisément ce qu'accomplit le sculpteur : il libère une forme humaine de la pierre par son travail, et façonne le monde à son image.

La réponse argumentée à la question du colloque

Vous êtes

Karl MARX

AUDIO DU TEXTE
hachette-clic.fr/22philo07

Économiste et philosophe, vous avez cherché à comprendre les conséquences sociales de la nouvelle organisation du travail du XIXe siècle, notamment du fait de la révolution industrielle, et à trouver des solutions pour ceux qui travaillent dur. Vous en parlez dans *Le Capital*, publié en 1867.

En fait, le royaume de la liberté commence seulement **là où** l'on cesse de travailler par nécessité et opportunité imposée de l'extérieur ; il se situe **donc**, par nature, au-delà de la sphère de la production matérielle proprement dite. **De même que** l'homme primitif doit lutter contre la nature pour pourvoir à ses besoins, se maintenir en vie et se reproduire, l'homme civilisé est forcé, lui aussi, de le faire et de le faire quels que soient la structure de société et le mode de production. Avec son développement s'étend également le domaine de la nécessité naturelle, **parce que** les besoins augmentent ; mais en même temps s'élargissent les forces productives pour les satisfaire. En ce domaine, la seule liberté possible **est que** l'homme social, les producteurs associés, règlent rationnellement leurs échanges avec la nature, qu'ils la contrôlent ensemble au lieu d'être dominés par sa puissance aveugle et qu'ils accomplissent ces échanges en dépensant le minimum de force et dans les conditions les plus dignes, les plus conformes à leur nature humaine. **Mais** cette activité constituera toujours le royaume de la nécessité.

Karl Marx, *Le Capital* (III, 48). Traduction de Catherine Cohen-Solal et Gilbert Badia, © Éditions Sociales, Paris, 1972, p. 742.

Coup de pouce pour la colorisation

- (bleu) Vous partez d'un constat qui vous permet d'établir une opposition conceptuelle clé.
- (vert) Vous proposez une comparaison qui rapproche plus qu'elle ne sépare deux stades de développement de l'homme.
- (jaune) Cette comparaison vous permet de proposer la meilleure solution possible.
- (rouge) Un problème semble pourtant irréductible.

AVANT LE COLLOQUE

La distinction essentielle

La définition du concept-clé

Le travail est…

Un exemple illustrant le concept

La thèse proposée

Pour l'homme qui ne peut se soustraire à ses besoins et donc à la nécessité naturelle, **la seule liberté possible sera garantie par la meilleure organisation possible du travail** : elle doit être commune et réfléchie de manière rationnelle pour optimiser le temps de travail et libérer chaque homme le plus possible dans la journée et dans la semaine.

La thèse adverse

Le problème dont il est question

L'argument avancé

Le lien entre l'image et la thèse (voir p. 40)

La réponse argumentée à la question du colloque

Vous êtes

Friedrich NIETZSCHE

AUDIO DU TEXTE
hachette-clic.fr/22philo08

Vous êtes un philosophe de la fin du XIXe siècle en rupture avec votre époque sur laquelle vous portez un diagnostic sans concession. Vous interrogez l'origine de nos valeurs dans une démarche dite « généalogique », et cherchez à penser les conditions d'une vie authentiquement créatrice.

Le besoin nous contraint à un travail dont le produit sert à satisfaire le besoin : la renaissance perpétuelle des besoins nous accoutume au travail. Mais dans les intervalles où les besoins sont satisfaits et pour ainsi dire endormis, c'est l'ennui qui nous prend. **Qu'est-ce que** l'ennui ? L'habitude du travail elle-même, qui se fait maintenant sentir sous forme de besoin nouveau et surajouté ; il sera d'autant plus fort que sera plus forte l'habitude de travailler, qu'aura peut-être été plus forte aussi la souffrance causée par les besoins. Pour échapper à l'ennui, l'homme, **ou bien** travaille au-delà de ce qu'exigent ses besoins normaux, **ou bien** il invente le jeu, c'est-à-dire le travail qui n'est plus destiné à satisfaire aucun autre besoin que celui du travail pour lui-même. Celui que le jeu finit par blaser et qui n'a aucune raison de travailler du fait de besoins nouveaux, il arrive que le désir le saisisse d'un troisième état qui serait au jeu ce que planer est à danser, ce que danser est à marcher, un état de félicité tranquille dans le mouvement : **c'est** la vision que se font artistes et philosophes du bonheur.

Friedrich Nietzsche, *Humain, trop humain*. Traduction de Robert Rovini,

Coup de pouce pour la colorisation

- Vous dégagez les causes qui conduisent à l'ennui.
- Vous donnez une définition claire de l'ennui que vous associez au travail.
- Le problème, c'est qu'il y a deux manières d'échapper à l'ennui : trop travailler ou jouer.
- Vous mettez alors en évidence le fait que certains dépassent cette alternative.
- Vous avez recours à l'image et à l'analogie pour étayer l'argumentation de votre thèse.

AVANT LE COLLOQUE

La distinction essentielle

Il y a trois états : *le travail* associé à la satisfaction des besoins et à l'effort, *le jeu* indépendant de la satisfaction des besoins, et *l'état de félicité* qui correspond à une activité sans effort et libérée des besoins.

La définition du concept-clé

L'ennui est l'habitude du travail elle-même qui laisse place à du vide au moment où nous n'avons plus besoin de travailler. Dans l'ennui, nous ne savons plus quoi faire d'autre que travailler alors que c'est inutile.

Un exemple illustrant le concept

....

La thèse proposée

....

La thèse adverse

....

Le problème dont il est question

....

L'argument avancé

....

Le lien entre l'image et la thèse (voir p. 40)

....

La réponse argumentée à la question du colloque

....

AUDIO DU TEXTE
hachette-clic.fr/22philo09

ALAIN

Émile-Auguste Chartier de votre vrai nom, vous avez été un grand professeur de lycée et vous avez écrit de nombreux *Propos*, petits textes accessibles à tous, publiés dans le journal. Vous vous êtes donné pour tâche de penser l'actualité, en philosophe, contre les idées toutes faites.

Tous ces coureurs se donnent bien de la peine. Tous ces joueurs de ballon se donnent bien de la peine. Tous ces boxeurs se donnent bien de la peine. **On lit partout que** les hommes cherchent le plaisir ; mais cela n'est pas évident ; **il semble plutôt qu'**ils cherchent la peine et qu'ils aiment la peine. [...] **On dira** là-dessus qu'ils trouvent tous le plaisir dans cette peine qu'ils cherchent ; mais c'est jouer sur les mots ; c'est bonheur et non plaisir qu'il faudrait dire ; **et ce sont deux choses très différentes**, aussi différentes que l'esclavage et la liberté.

On veut agir, on ne veut pas subir. Tous ces hommes qui se donnent tant de peine n'aiment sans doute pas le travail forcé ; personne n'aime le travail forcé ; personne n'aime les maux qui tombent ; personne n'aime sentir la nécessité. Mais aussitôt que je me donne librement de la peine, me voilà content. J'écris ces propos. « Voilà bien de la peine », dira quelque écrivain qui vit de sa plume ; seulement personne ne m'y force ; et ce travail voulu est un plaisir, ou un bonheur, pour mieux parler. Le boxeur n'aime pas les coups qui viennent le trouver ; **mais** il aime ceux qu'il va chercher.

Alain, *Propos sur le bonheur*, 1925.

Coup de pouce pour la colorisation

- Vous donnez trois exemples qui illustrent la même idée.
- Vous contestez, à ce sujet, deux opinions communément admises.
- Ces opinions vous permettent d'énoncer une thèse qui peut sembler surprenante.
- Vous établissez une distinction conceptuelle essentielle qui nuance votre propos.
- Vous développez un argument qui justifie votre propos.
- Vous prenez votre propre situation pour exemple, et vous revenez à l'un des exemples précédents.

AVANT LE COLLOQUE

La distinction essentielle

La définition du concept-clé

La peine est…

Un exemple illustrant le concept

La thèse proposée

La thèse adverse

Le bonheur est une affaire de plaisir et exclut toute forme d'effort, de peine ou de souffrance. Un homme heureux est en repos, tranquille, comblé et satisfait. Ceux qui aiment la peine sont des masochistes et ils font exception dans l'humanité.

Le problème dont il est question

Je m'interroge sur l'activité des hommes. **Je me demande pourquoi** ils travaillent autant, malgré la peine que cela implique. N'est-ce pas qu'à travers ces efforts ils parviennent à se réaliser ? **Le problème est que** sans peine, nous ne pouvons peut-être pas vraiment être heureux.

L'argument avancé

Le lien entre l'image et la thèse (voir p. 41)

La réponse argumentée à la question du colloque

Vous êtes

Simone WEIL

AUDIO DU TEXTE
hachette-clic.fr/22philo10

Militante et résistante, en quête de spiritualité, vous êtes une des rares philosophes à avoir tenté de comprendre la condition ouvrière par l'expérience concrète du travail à l'usine. Vous lui consacrez ensuite un essai dont l'écriture remonte à 1937, peu avant votre mort précoce en 1943.

L'ouvrier ne sait pas ce qu'il produit, et par suite il n'a pas le sentiment d'avoir produit **mais** de s'être épuisé à vide. Il dépense à l'usine, parfois jusqu'à l'extrême limite, ce qu'il a de meilleur en lui, sa faculté de penser, de sentir, de se mouvoir ; il les dépense, puisqu'il en est vidé quand il sort ; **et pourtant** il n'a rien mis de lui-même dans son travail, ni pensée, ni sentiment, ni même, sinon dans une faible mesure, mouvements déterminés par lui, ordonnés par lui en vue d'une fin. Sa vie même sort de lui sans laisser aucune marque autour de lui. L'usine crée des objets utiles, mais non pas lui, et la paie qu'on attend chaque quinzaine par files, comme un troupeau, paie impossible à calculer d'avance, dans le cas du travail aux pièces, par suite de l'arbitraire et de la complication des comptes, semble plutôt une aumône que le prix d'un effort. L'ouvrier, quoique indispensable à la fabrication, n'y compte presque pour rien, et **c'est pourquoi** chaque souffrance physique inutilement imposée, chaque manque d'égard, chaque brutalité, chaque humiliation même légère semble un rappel qu'on ne compte pas et qu'on n'est pas chez soi.

Simone Weil, *La Condition ouvrière*, 1951.

Coup de pouce pour la colorisation

- Vous dénoncez un état de fait tout à fait problématique au sujet de l'ouvrier.
- Vous faites apparaître un paradoxe pour fonder cette dénonciation.
- Vous reformulez ce que vous dénoncez.
- Vous en tirez un diagnostic incisif sur l'usine elle-même.
- Vous prenez un exemple précis de la situation concrète de l'ouvrier.
- Vous en dégagez toutes les conséquences, aussi paradoxales soient-elles.

AVANT LE COLLOQUE

La distinction essentielle

La définition du concept-clé

L'usine…

Un exemple illustrant le concept

La thèse proposée

La thèse adverse

L'argument avancé

L'usine nie l'ouvrier en le vidant de son énergie et en niant son statut de personne. L'ouvrier donne tout, mais il ne reste rien de lui, preuve qu'il n'est plus qu'un simple instrument anonyme du système productif. **Voilà pourquoi** ce n'est pas lui qui produit les objets, mais l'usine.

Le problème dont il est question

Je m'interroge sur la condition ouvrière et **je me demande si** la place accordée à l'ouvrier est acceptable. Devons-nous considérer qu'il ne compte pas alors qu'il est celui sans qui rien ne peut être produit ? **Le problème, c'est que** l'usine produit des objets utiles en rendant l'ouvrier inutile.

Le lien entre l'image et la thèse (voir p. 41)

La réponse argumentée à la question du colloque

Des œuvres en lien avec des idées

En lien avec HEGEL

MICHEL-ANGE, *L'Esclave rebelle* (v. 1515)
L'Esclave rebelle fait partie des sculptures les plus célèbres de Michel-Ange. C'est un colosse de plus de deux mètres qui se contorsionne pour se libérer des liens qui le retiennent et de la pierre dans laquelle ses mains sont encore prises.

En lien avec MARX

Duane HANSON, *Supermarket Lady* ou ***Caddie*** (1969)
Cette œuvre est une sculpture hyperréaliste de taille réelle qui représente une femme américaine des années 1960, issue de la classe populaire. C'est une œuvre provocatrice dans sa forme même qui interroge le « rêve américain ».

En lien avec WEIL

Edward BURTYNSKY,
Deda Chicken Processing Plant, China
(2005)

Ce célèbre photographe s'attache à mettre en lumière ce que le développement industriel fait à la nature et aux hommes. Cette photographie en plan large montre le travail à l'usine sur une chaîne de conditionnement de volailles.

En lien avec NIETZSCHE

Henri ROUSSEAU,
Les Joueurs de football (1908)

Le Douanier Rousseau (nom qui lui a été donné en raison de son activité professionnelle : il est douanier) est un des représentants majeurs de l'art dit naïf. Sa peinture est innocente, enfantine, voire primitive.

En lien avec ALAIN

Francisco de GOYA,
La Forge (v. 1815-1820)

Cette peinture du célèbre peintre espagnol Goya représente une scène de la vie quotidienne. Elle rend hommage au peuple qui travaille. On y voit une forge saisie sur le vif pendant l'effort vigoureux, attentif et coordonné de trois ouvriers.

PENDANT LE COLLOQUE

Je reporte la question du colloque : ....

	HEGEL	MARX	NIETZSCHE	ALAIN	WEIL
Les idées					
Les raisons					
Les questions					
Les mots et les choses					

APRÈS LE COLLOQUE

À moi de jouer ! Je rédige ma réponse à la question du colloque :

....?

La réponse, l'idée que je suis prêt(e) à défendre : ....

L'idée d'un philosophe qui m'a convaincu(e) : ....

Les raisons qui me font dire cela : ....

Les questions que je me suis posées ou que je me pose encore : ....

Les mots pour le dire (la définition et la distinction utiles) : ....

Un exemple de choses qui arrivent et qui illustrent mon idée : ....

3 Naturellement...

- Écrivez 3 mots-clés pour cette image :
  –
  –
  –

- Quel est le contraire de chacun des mots-clés trouvés ?
  –
  –
  –

- Quelle histoire vous racontez-vous à partir de cette image ?

- À partir d'un ou deux de ces mots, formulez une hypothèse : que nous dit cette image ?

- Quelle objection peut-on opposer à cette hypothèse ?

Auguste RENOIR, *Maternité, femme allaitant son enfant* (1886)

- **À partir de cette objection, quelles questions pourriez-vous formuler ?** *Essayez de formuler des questions qui posent problème parce qu'il y a plusieurs réponses possibles.*

- **Quelle question la classe choisit-elle de traiter ?**

AUDIO DU TEXTE
hachette-clic.fr/22philo11

ARISTOTE

Vous êtes un philosophe de l'Antiquité grecque, ancien élève de Platon, mais en rupture avec lui. Vous fondez votre propre école : le « Lycée ». Ce qui vous caractérise, c'est le souci de décrire la réalité telle qu'elle est, en observant le monde attentivement pour le comprendre.

Ainsi, les hommes courageux agissent pour l'amour du bien, quoique la passion opère en même temps en eux ; les bêtes sauvages, au contraire, sont poussées par la souffrance, à cause par exemple d'une blessure reçue, ou par peur, puisque à l'abri dans une forêt ou dans un marécage elles n'approchent pas. **Ce n'est donc pas** du courage quand, chassées par la souffrance et l'impulsivité, elles se ruent au danger, sans rien prévoir des périls qui les attendent [...]. **Mais** la forme de courage inspirée par la passion semble être la plus naturelle de toutes et, **quand** s'y ajoute le choix et le motif, constituer le courage au sens propre. Les hommes **donc** aussi, quand ils sont en colère ressentent de la souffrance, et quand ils se vengent éprouvent du plaisir. Mais ceux qui se battent pour ces raisons-là, tout en combattant vaillamment ne sont pas courageux au sens propre, car ils n'agissent ni poussés par le bien ni comme la raison le veut, mais sous l'effet de la passion ; ils ont **cependant** quelque chose qui rappelle le vrai courage.

Aristote, *Éthique à Nicomaque* (III, 11, 3). Traduction de Jules Tricot,

Coup de pouce pour la colorisation

- Au début et à la fin du texte, vous énoncez une thèse sur l'homme.
- Pour justifier cette thèse, vous comparez l'homme aux bêtes sauvages.
- Vous illustrez leur comportement par un exemple.
- Vous faites apparaître une difficulté dans l'analyse du courage.
- Au cours de cette analyse, vous définissez le courage au sens propre.

AVANT LE COLLOQUE

La distinction essentielle

La définition du concept-clé

Le vrai courage, c'est…

Un exemple illustrant le concept

La thèse proposée

L'homme courageux agit par amour du bien et de manière réfléchie, et non impulsivement et instinctivement. Au-delà des conduites passionnelles qui trouvent leurs racines dans le corps, au-delà de la simple bravoure, l'homme courageux dispose d'une raison qui doit être le principe de ses actions. En agissant par choix, il exprime sa liberté. C'est ainsi qu'il est courageux.

La thèse adverse

Le problème dont il est question

L'argument avancé

Le lien entre l'image et la thèse (voir p. 56)

La réponse argumentée à la question du colloque

David HUME

AUDIO DU TEXTE
hachette-clic.fr/22philo12

Vous êtes un philosophe écossais du XVIIIe siècle, mais aussi un historien et un économiste. Vous vous êtes opposé à la pensée de Descartes. Vos thèses se fondent sur l'expérience, vous défendez une philosophie dite « empiriste ». Vous jouez un rôle déterminant pour la pensée contemporaine.

Ô homme ! **Reconnais** donc la bienfaisance de la nature ; car elle t'a donné cette intelligence qui pourvoit à toutes tes nécessités. **Mais** que la paresse [...] ne te persuade pas de te contenter de ses présents ! Voudrais-tu revenir en arrière, à l'herbe crue pour nourriture, au ciel pour couverture, aux pierres et aux bâtons pour toute défense contre les animaux voraces du désert ? Alors, retourne aussi à tes mœurs sauvages, à tes superstitions craintives, à ta bestiale ignorance, et sombre plus bas que ces animaux dont tu admires la condition et que tu voudrais si ardemment imiter ! La nature, ta tendre mère, t'ayant donné l'art et l'intelligence, a rempli toute la terre de matériaux sur lesquels employer ces talents. **Prête** l'oreille à sa voix qui te dit si clairement que tu dois être aussi toi-même l'objet de ton industrie[1] [...]. **Vois** l'artisan qui d'une pierre grossière et sans forme tire un noble métal et qui, façonnant ce métal de ses mains habiles, crée comme par magie toutes les armes nécessaires à sa défense, tous les instruments utiles à sa commodité. Il ne détient pas cette habileté de la nature ; c'est l'usage et l'exercice qui la lui ont enseignée.

David Hume, *Essais moraux, politiques et littéraires*. Traduction de Michel Malherbe,

1. Industrie : au sens ici de travail.

Coup de pouce pour la colorisation

- Vous interpellez une première fois votre lecteur en présentant ce que la nature nous a donné.
- Vous critiquez une attitude de l'homme et vous montrez en quoi elle pose problème.
- Vous interpellez une seconde fois votre lecteur pour les mêmes raisons.
- Vous faites apparaître clairement ce que l'homme doit faire.
- Vous prenez pour exemple l'artisan dont l'analyse illustre votre thèse.

AVANT LE COLLOQUE

La distinction essentielle

La définition du concept-clé

La nature est…

Un exemple illustrant le concept

La thèse proposée

La thèse adverse

Nous devons nous satisfaire de ce que la nature nous a donné. Les dons naturels suffisent à l'homme, et il peut se reposer là-dessus. La nature est sacrée, il ne faut pas y toucher.

Le problème dont il est question

Je m'interroge sur le rôle que joue la nature pour nous. **Je me demande si** je peux me contenter de mes dons naturels. Ne dois-je pas les travailler pour pouvoir en profiter pleinement ? **Le problème est que** je peux les perdre si je ne les exploite pas.

L'argument avancé

Le lien entre l'image et la thèse (voir p. 57)

La réponse argumentée à la question du colloque

Vous êtes

Denis DIDEROT

AUDIO DU TEXTE
hachette-clic.fr/22philo13

Vous êtes connu comme un génie de votre époque : le XVIIIe, siècle des Lumières. Vous êtes romancier, dramaturge, critique et traducteur. Vous avez supervisé l'écriture de la célèbre *Encyclopédie*. Votre *Supplément au Voyage de Bougainville* dénonce les méfaits de la civilisation.

A. – **Faut-il** civiliser l'homme, ou l'abandonner à son instinct ? […]

B. – **Si** vous vous proposez d'en être le tyran, civilisez-le, empoisonnez-le de votre mieux d'une morale contraire à la nature ; faites-lui des entraves de toute espèce ; embarrassez ses mouvements de mille obstacles ; attachez-lui des fantômes qui l'effrayent ; éternisez la guerre dans la caverne, et que l'homme naturel y soit toujours enchaîné sous les pieds de l'homme moral. Le voulez-vous heureux et libre ? ne vous mêlez pas de ses affaires : assez d'incidents imprévus le conduiront à la lumière et à la dépravation ; et demeurez à jamais convaincu que ce n'est pas pour vous, mais pour eux que ces sages législateurs vous ont pétri et maniéré comme vous l'êtes. **J'en appelle à** toutes les institutions politiques, civiles et religieuses : examinez-les profondément ; et je me trompe fort, ou vous y verrez l'espèce humaine pliée de siècle en siècle au joug qu'une poignée de fripons se promettait de lui imposer. Méfiez-vous de celui qui veut mettre de l'ordre. Ordonner, c'est toujours se rendre le maître des autres en les gênant […].

Denis Diderot, *Supplément au Voyage de Bougainville*, 1772.

Coup de pouce pour la colorisation

- Vous vous interrogez sur la nécessité de civiliser l'homme et critiquez la civilisation.
- Vous envisagez une autre possibilité qui justifiera votre idée.
- Vous en appelez à l'expérience pour dresser un constat.
- Vous donnez un conseil important qui correspond à l'idée que vous défendez.
- Vous finissez par une définition qui en dit long sur ce que vous pensez.

AVANT LE COLLOQUE

La distinction essentielle

La définition du concept-clé

La civilisation est…

Un exemple illustrant le concept

La thèse proposée

La thèse adverse

L'argument avancé

Le problème dont il est question

Le lien entre l'image et la thèse (voir p. 56)

Cette gravure montre que la « découverte » du Nouveau Monde n'est qu'une mainmise sur des terres, des richesses et des populations innocentes. Il s'agit d'instaurer un nouvel ordre, par la force et par l'imposition de la religion chrétienne. La mission civilisatrice revendiquée par les pays européens dissimule un rapport de domination.

La réponse argumentée à la question du colloque

Maurice MERLEAU-PONTY

AUDIO DU TEXTE
hachette-clic.fr/22philo14

Vous êtes un philosophe français du XXe siècle. Vous appartenez au courant que l'on nomme « la phénoménologie ». Vous estimez qu'on ne peut parler que de ce qui nous apparaît, ce que vous appelez avec d'autres le « phénomène ». Lui seul peut être connu et non pas la chose même.

Il n'y a pas plus ici que dans le domaine des instincts une nature humaine donnée une fois pour toutes. L'usage qu'un homme fera de son corps est transcendant[1] à l'égard de ce corps comme être biologique. Il n'est **pas plus** naturel ou **pas moins** conventionnel de crier dans la colère ou d'embrasser dans l'amour que d'appeler table une table. Les sentiments et les conduites passionnelles sont inventés comme les mots. Même ceux qui, comme la paternité, paraissent inscrits dans le corps humain, sont en réalité des institutions. **Il est impossible** de superposer chez l'homme une première couche de comportements que l'on appellerait « naturels » et un monde culturel ou spirituel fabriqué. Tout est fabriqué **et** tout est naturel chez l'homme, comme on voudra dire, **en ce sens qu**'il n'est pas un mot, pas une conduite qui ne doive quelque chose à l'être simplement biologique, et qui en même temps ne se dérobe à la simplicité de la vie animale, ne détourne de leur sens les conduites vitales, par une sorte d'échappement et par un génie de l'équivoque qui pourraient servir à définir l'homme.

Maurice Merleau-Ponty, *Phénoménologie de la perception* (I, 6),
© Éditions Gallimard, « Tel », 1945.

1. Transcendant : qui dépasse, qui va au-delà de.

Coup de pouce pour la colorisation

- (rouge) Vous contestez deux idées à deux endroits différents.
- (vert) Vous avancez une raison à la première idée contestée.
- (bleu) Vous donnez et analysez quelques exemples pour illustrer votre pensée.
- (jaune) Votre analyse vous permet d'affirmer une idée contradictoire : c'est votre thèse.
- (vert) Vous développez la raison que vous avez avancée pour justifier votre thèse.

AVANT LE COLLOQUE

La distinction essentielle

D'un côté, ce qui relève du naturel : les instincts, sentiments et conduites passionnelles, le corps humain. **De l'autre,** le culturel, le spirituel ou le conventionnel : ce qui est institué ou fabriqué par l'homme lui-même.

La définition du concept-clé

Ce que l'on appelle « nature humaine » est…

Un exemple illustrant le concept

Le cri de la colère, **le baiser** de l'amour ou **les gestes de la paternité**, comme de nombreux usages du corps, sont tout aussi naturels que culturels. **L'instinct maternel** est aussi naturel que socialement construit.

La thèse proposée

La thèse adverse

L'argument avancé

Le problème dont il est question

Le lien entre l'image et la thèse (voir p. 56)

La réponse argumentée à la question du colloque

AUDIO DU TEXTE
hachette-clic.fr/22philo15

Simone DE BEAUVOIR

Vous êtes une grande romancière et philosophe. Votre courant est l'existentialisme qui se traduit bien dans votre célèbre phrase « on ne naît pas femme, on le devient ». Vous montrez précisément dans votre livre *Le Deuxième Sexe* comment la femme est façonnée par la société.

La passivité qui caractérisera essentiellement la femme « féminine » est un trait qui se développe en elle dès ses premières années. **Mais** il est faux de prétendre que c'est là une donnée biologique ; **en vérité**, c'est un destin qui lui est imposé par ses éducateurs et par la société. [...] [Le garçon] fait l'apprentissage de son existence comme libre mouvement vers le monde ; il rivalise de dureté et d'indépendance avec les autres garçons, il méprise les filles. Grimpant aux arbres, se battant avec des camarades, les affrontant dans des jeux violents, il saisit son corps comme un moyen de dominer la nature. [...] **Au contraire**, chez la femme [...] on lui apprend que pour plaire il faut chercher à plaire, il faut se faire objet ; elle doit donc renoncer à son autonomie. On la traite comme une poupée vivante et on lui refuse la liberté ; **ainsi** se noue un cercle vicieux ; car moins elle exercera sa liberté pour comprendre, saisir et découvrir le monde qui l'entoure, moins elle trouvera en lui de ressources, moins elle osera s'affirmer comme sujet.

Simone de Beauvoir, *Le Deuxième Sexe*, tome I : *Les faits et les mythes*,

Coup de pouce pour la colorisation

- Vous présentez ce qu'on appelle la féminité ou la soi-disant « essence de la femme ».
- Vous contestez une idée communément admise sur la cause de cette prétendue essence.
- Vous explicitez ce qu'est, pour vous, la véritable cause.
- Vous la justifiez en comparant l'éducation des garçons et des filles.
- Vous illustrez votre justification par des exemples.
- Vous en tirez une situation tout à fait problématique pour la femme.

AVANT LE COLLOQUE

La distinction essentielle

....

La définition du concept-clé

La féminité ou « l'essence » de la femme est...

Un exemple illustrant le concept

....

La thèse proposée

....

La thèse adverse

....

Le problème dont il est question

....

L'argument avancé

Ce qui justifie cette thèse est la comparaison entre l'éducation des garçons et celle des filles et ses conséquences sur leurs comportements. Les garçons peuvent éprouver leurs capacités dans le monde et s'affirmer, alors que les filles doivent s'effacer et renoncer à entreprendre quoi que ce soit. Ainsi le corps du garçon est conçu comme un moyen de dominer la nature, alors que celui de la fille est là pour plaire et séduire.

Le lien entre l'image et la thèse (voir p. 57)

....

La réponse argumentée à la question du colloque

....

Des œuvres en lien avec des idées

En lien avec ARISTOTE

André LE GRAND, inspiré par Charles LE BRUN,
Deux têtes de lions et trois têtes d'hommes en relation avec le lion (vers 1806)

Cette gravure du XIXe siècle a pour objet la connaissance et l'identification du caractère d'un homme d'après les traits de son visage en le mettant en relation avec un animal.

En lien avec DIDEROT

Théodore DE BRY (1528-1598),
Histoire de l'Amérique : l'explorateur Christophe Colomb est accueilli par les Indiens à son arrivée dans le Nouveau Monde (XVIe siècle)

Cette planche dénonce, entre autres, la conversion forcée au catholicisme des populations indigènes par les colons espagnols alors que ceux-ci sont accueillis avec générosité.

En lien avec
HUME

William BLAKE,
Nabuchodonosor (v. 1795-1805)
Cette gravure est une représentation du roi de Babylone, Nabuchodonosor II (VIe siècle avant J.-C.). La Bible raconte que ce roi a été puni par Dieu pour son orgueil. Il est condamné à perdre la raison, à vivre et à manger de l'herbe comme un animal sauvage.

En lien avec
MERLEAU-PONTY

Constantin BRANCUSI,
Le Baiser (1923-1925)
Cette sculpture taillée dans un seul bloc de pierre représente deux amants enlacés qui ne forment qu'un seul être. Cette œuvre emblématique de ce célèbre sculpteur est à la fois moderne et primitive et elle montre l'intérêt de l'artiste pour le cubisme.

En lien avec
BEAUVOIR

Roy LICHTENSTEIN,
Fille avec ruban dans les cheveux (1965)
Artiste majeur du *Pop Art* américain, Roy Lichtenstein s'inspire pour cette peinture de l'imagerie publicitaire et de l'univers des « *comics* » pour questionner la société contemporaine et ses stéréotypes.

PENDANT LE COLLOQUE

• **Je reporte la question du colloque :** ....

ARISTOTE

HUME

DIDEROT

MERLEAU-PONTY

BEAUVOIR

	ARISTOTE	HUME	DIDEROT	MERLEAU-PONTY	BEAUVOIR
Les idées					
Les raisons					
Les questions					
Les mots et les choses					

APRÈS LE COLLOQUE

À moi de jouer ! Je rédige ma réponse à la question du colloque :

.... ?

La réponse, l'idée que je suis prêt(e) à défendre : ....

....

....

....

L'idée d'un philosophe qui m'a convaincu(e) : ....

....

....

....

Les raisons qui me font dire cela : ....

....

....

....

....

....

....

....

Les questions que je me suis posées ou que je me pose encore : ....

....

....

....

....

....

....

....

Les mots pour le dire (la définition et la distinction utiles) : ....

....

....

....

Un exemple de choses qui arrivent et qui illustrent mon idée : ....

....

....

....

4 Obéis !

- Écrivez 3 mots-clés pour cette image :
  - ……………………
  - ……………………
  - ……………………

- Quel est le contraire de chacun des mots-clés trouvés ?
  - ……………………
  - ……………………
  - ……………………

- Quelle histoire vous racontez-vous à partir de cette image ?

……………………………………………………

……………………………………………………

……………………………………………………

……………………………………………………

……………………………………………………

……………………………………………………

- À partir d'un ou deux de ces mots, formulez une hypothèse : que nous dit cette image ?

……………………………………………………

……………………………………………………

……………………………………………………

……………………………………………………

……………………………………………………

……………………………………………………

……………………………………………………

……………………………………………………

……………………………………………………

……………………………………………………

- Quelle objection peut-on opposer à cette hypothèse ?

……………………………………………………

……………………………………………………

……………………………………………………

……………………………………………………

……………………………………………………

……………………………………………………

……………………………………………………

……………………………………………………

……………………………………………………

……………………………………………………

……………………………………………………

Arthur TSANG HIN-WAH, *Un homme fait face aux chars sur la place Tian'anmen à Pékin* (1989)

- **À partir de cette objection, quelles questions pourriez-vous formuler ?** *Essayez de formuler des questions qui posent problème parce qu'il y a plusieurs réponses possibles.*

....

....

....

....

....

....

....

....

....

- **Quelle question la classe choisit-elle de traiter ?**

....

....

....

....

PLATON

AUDIO DU TEXTE
hachette-clic.fr/22philo16

Disciple de Socrate, vous le faites parler dans vos dialogues dont le *Criton* fait partie. Vous vous êtes attaché à rechercher la vérité derrière les apparences. Fondateur de l'école nommée l'Académie, vous êtes considéré comme l'un des inventeurs de la philosophie.

Posséderais-tu un savoir qui te ferait oublier que, en regard d'une mère et d'un père et de la totalité des ancêtres, la patrie est chose plus honorable, plus vénérable [...] ? **Il faut** vénérer sa patrie, lui obéir et lui donner des marques de soumission plus qu'à un père, en l'amenant à changer d'idée ou en faisant ce qu'elle ordonne et en supportant sans se révolter le traitement qu'elle prescrit de subir, que ce soit d'être frappé, d'être enchaîné, d'aller au combat pour y être blessé ou pour y trouver la mort ; oui, cela **il faut** le faire, **car** c'est en cela que réside la justice ; et on ne doit ni se dérober, ni reculer, ni abandonner son poste, mais il faut, au combat, au tribunal, partout, **ou** bien faire ce qu'ordonne la cité, c'est-à-dire la patrie, **ou** bien l'amener à changer d'idée en lui montrant en quoi consiste la justice. N'est-ce pas **au contraire** une chose impie que de faire violence à une mère, à un père, et l'impiété serait-elle moindre lorsqu'il s'agit de la patrie ?

Platon, *Criton*. Traduction de Luc Brisson, © Flammarion, 2007.

Coup de pouce pour la colorisation

- Au début et à la fin du texte, vous dénoncez une attitude qui pose question et soulève un problème.
- Vous exprimez votre thèse de manière impérative par deux fois.
- Vous illustrez concrètement ce qu'implique une telle thèse.
- Vous justifiez votre thèse et en tirez toutes les implications.

AVANT LE COLLOQUE

La distinction essentielle

La définition du concept-clé

La justice consiste à…

Un exemple illustrant le concept

La thèse proposée

Le devoir du citoyen est de vénérer sa patrie et de se soumettre entièrement à ses ordres et à ses commandements. Il lui doit tout et ne doit jamais oublier d'où il vient, quelle que soit l'ampleur des sacrifices qui lui sont demandés. L'homme est fils de la cité et de ses lois, et il leur doit une obéissance absolue, de la même façon qu'il doit un respect inconditionnel à son père et à sa mère pendant toute la durée de sa vie.

La thèse adverse

Le problème dont il est question

L'argument avancé

Le lien entre l'image et la thèse (voir p. 72)

La réponse argumentée à la question du colloque

Vous êtes

Nicolas MACHIAVEL

AUDIO DU TEXTE
hachette-clic.fr/22philo17

Vous êtes un diplomate italien de la Renaissance et on vous considère comme le premier penseur politique moderne. Vous avez écrit *Le Prince*, un texte destiné à celui qui souhaite gouverner et maintenir la stabilité de l'État, quitte à user de la force et de la ruse pour cela.

Tous les écrivains qui se sont occupés de politique (et l'histoire est remplie d'exemples qui les appuient) [...] **s'accordent à dire que** quiconque veut fonder un État et lui donner des lois, doit supposer d'avance les hommes méchants, et toujours prêts à montrer leur méchanceté toutes les fois qu'ils en trouveront l'occasion. Si ce penchant demeure caché pour un temps, il faut l'attribuer à quelque raison qu'on ne connaît point, et croire qu'il n'a pas eu l'occasion de se montrer ; mais le temps qui, comme on dit, est le père de toute vérité, le met ensuite au grand jour. [...] Les hommes ne font le bien que forcément ; mais [...] dès qu'ils ont le choix et la liberté de commettre le mal avec impunité, ils ne manquent de porter partout la turbulence et le désordre. **C'est ce qui fait dire que** la pauvreté et le besoin rendent les hommes industrieux[1] et que les lois font les gens de bien. **Là où** le bien vient à régner naturellement et sans la loi, on peut se passer de loi ; mais dès que viennent à expirer les mœurs de l'âge d'or[2], la loi devient nécessaire.

Nicolas Machiavel, *Discours sur la première décade de Tite-Live*. Traduction d'Alessandro Fontana et Xavier Tabet, © Éditions Gallimard, 2004.

1. Industrieux : qui fait preuve d'habileté, d'adresse, qui a du savoir-faire, de l'ingéniosité. (CNRTL)

2. Âge d'or : moment mythique de l'humanité décrit comme étant celui de l'abondance dans une nature généreuse, où tout pousse sans travail, où les animaux domestiques et sauvages vivent en paix entre eux et avec les hommes. (*Encyclopedia Universalis*)

Coup de pouce pour la colorisation

- (bleu) Vous vous appuyez sur les écrivains pour faire un constat.
- (jaune) Vous tirez un enseignement de ce constat : c'est la thèse que vous défendez.
- (vert) Vous conduisez un raisonnement qui met en évidence la raison qui justifie votre thèse.
- (jaune) Vous pouvez alors réaffirmer la nécessité des lois.
- (rouge) Et vous pouvez enfin établir qu'il est faux de prétendre le contraire.

AVANT LE COLLOQUE

La distinction essentielle

La définition du concept-clé

La loi est…

Un exemple illustrant le concept

La thèse proposée

La thèse adverse

Le problème dont il est question

L'argument avancé

Ce qui justifie la thèse proposée, c'est que les hommes ne font le bien que lorsqu'ils y sont contraints. En effet, ils abusent toujours de leur pouvoir dès lors qu'ils le peuvent, c'est-à-dire dès lors qu'ils peuvent agir sans être punis, soit parce que la loi n'existe pas, soit parce qu'ils échappent au contrôle de la loi. C'est pourquoi la loi est nécessaire et on en déduit qu'elle doit être assez forte pour les contraindre.

Le lien entre l'image et la thèse (voir p. 72)

La réponse argumentée à la question du colloque

John LOCKE

AUDIO DU TEXTE
hachette-clic.fr/22philo18

Vous êtes un philosophe anglais de la fin du XVIIe siècle. L'expérience est, selon vous, le fondement de nos idées, pour cela, on vous dit « empiriste ». En politique, vous êtes un ardent défenseur de la liberté et vous fondez ce qu'on appelle le libéralisme politique.

Bien compris, le *droit* **consiste moins** à restreindre *un agent libre et intelligent* **qu'**à *le guider* au mieux de ses intérêts et il ne commande qu'en vue du bien commun de ceux qui lui sont soumis. S'ils pouvaient vivre plus heureux **sans lui,** le *droit* disparaîtrait de lui-même, comme objet inutile ; ce n'est pas séquestrer quelqu'un que de lui rendre inaccessible les marécages et les précipices. Quoiqu'on s'y trompe souvent, le *droit* n'a pas *pour fin d'abolir la liberté*, ni de l'entraver, **mais** *de la conserver et de l'accroître*. Les créatures capables de vie juridique, quelle que soit leur condition, *ne sont jamais libres sans lois*. La liberté **consiste** à ne subir ni contrainte, ni violence par le fait d'autrui, ce qui est impossible sans lois ; **mais** elle ne se définit pas, comme on le prétend, par la liberté pour chacun d'agir à sa guise. Comment être libre, alors que n'importe qui peut vous imposer ses caprices ?

John Locke, *Deux traités du gouvernement*. Traduction Bernard Gilson,

Coup de pouce pour la colorisation

- Vous affirmez ce qu'est le droit : c'est votre thèse.
- Ce faisant, vous exposez la thèse adverse que vous contestez.
- En guise d'argument, vous faites une supposition et vous vous appuyez sur une image.
- Vous construisez une opposition conceptuelle qui vous permet de préciser votre thèse.
- Vous tirez les conséquences de votre raisonnement.
- Vous proposez une définition de la liberté.
- Vous faites apparaître ce que la liberté n'est pas en posant une question.

AVANT LE COLLOQUE

La distinction essentielle

D'un côté, ce que l'on prend à tort pour la liberté, à savoir la possibilité d'agir à sa guise et d'imposer aux autres ses caprices. **De l'autre,** la liberté véritable, qui consiste à ne subir ni contrainte ni violence par le fait d'autrui.

La définition du concept-clé

Le droit est un guide indiquant où se trouve l'intérêt de chacun en société. Il se place du point de vue du bien qui est commun à tous les citoyens. Il nous protège les uns des autres en nous empêchant de nous nuire mutuellement.

Un exemple illustrant le concept

La thèse proposée

La thèse adverse

L'argument avancé

Le problème dont il est question

Le lien entre l'image et la thèse (voir p. 72)

La réponse argumentée à la question du colloque

Vous êtes

Hannah ARENDT

AUDIO DU TEXTE
hachette-clic.fr/22philo19

Vous êtes une philosophe et journaliste allemande d'origine juive du XXe siècle, émigrée aux États-Unis en 1941. Vous vous êtes intéressée aux régimes totalitaires, et, en 1961, vous couvrez le procès du dirigeant nazi Adolf Eichmann pour le grand journal *The New Yorker*.

C'**était** ainsi, c'était la nouvelle loi du pays, fondée sur l'ordre du *Führer* ; autant qu'il pût en juger, il agissait, dans tout ce qu'il faisait, en citoyen qui obéit à la loi. Il faisait son devoir, répéta-t-il mille fois à la police et au tribunal ; **non seulement** il obéissait aux ordres, **mais** il obéissait **aussi** à la loi. Eichmann soupçonnait vaguement qu'il pouvait y avoir là une distinction importante, mais ni la défense ni les juges ne lui demandèrent d'insister sur ce point [...] **Vu** le caractère limité des dons intellectuels d'Eichmann, il était, au procès, **certainement** le dernier dont on pouvait attendre une élucidation de ces notions et une réflexion autonome. Toujours très soucieux d'être « couvert », il n'avait pas seulement accompli ce qu'il considérait comme les devoirs d'un citoyen qui obéit à la loi, mais il avait aussi agi selon les ordres ; c'est pourquoi [...] il finit par insister soit sur les avantages, soit sur les inconvénients de l'obéissance aveugle ou « obéissance de cadavre » comme il disait lui-même.

Hannah Arendt, *Eichmann à Jérusalem*. Traduction d'Anne Guérin,

Coup de pouce pour la colorisation

- (bleu) Vous présentez le contexte historique en produisant une distinction importante.
- (rouge) Vous précisez à cette occasion une limite concernant la personne dont vous parlez.
- (jaune) Vous formulez une thèse à son propos.
- (vert) Vous tirez les conséquences de la limite évoquée.

AVANT LE COLLOQUE

La distinction essentielle

La définition du concept-clé

Le devoir du citoyen est…

Un exemple illustrant le concept

Eichmann, membre actif du parti nazi, est jugé en 1961 à Jérusalem. Accusé d'avoir organisé la déportation et l'extermination massive de personnes juives entre 1942 et 1944, il plaide l'obéissance à la loi.

La thèse proposée

La thèse adverse

L'argument avancé

Le problème dont il est question

Je m'interroge sur le cas Eichmann et sur son absence de conscience. **Je me demande** comment on peut confondre obéir à des ordres criminels et obéir à la loi. **Le problème c'est qu'**un citoyen puisse considérer l'extermination massive comme relevant de son devoir.

Le lien entre l'image et la thèse (voir p. 73)

La réponse argumentée à la question du colloque

John RAWLS

AUDIO DU TEXTE
hachette-clic.fr/22philo20

Vous êtes un philosophe américain du XXe siècle. Dans votre œuvre *Théorie de la justice*, vous cherchez à concilier les exigences de liberté et de justice. Vous vous interrogez sur les situations qui légitimeraient la désobéissance civile pour fonder une société plus juste.

Pour justifier la désobéissance civile, on ne fait pas appel aux principes de la moralité personnelle ou à des doctrines religieuses, même s'ils peuvent coïncider avec les revendications et les soutenir ; et il va sans dire que la désobéissance civile ne peut être fondée seulement sur des intérêts de groupe ou sur ceux d'un individu**. Au contraire**, on recourt à la conception commune de la justice qui sous-tend l'ordre politique. Nous avons fait l'hypothèse que, dans un régime démocratique relativement juste, il y a une conception publique de la justice qui permet aux citoyens de régler leurs affaires politiques et d'interpréter la constitution. La violation persistante et délibérée des principes de base de cette conception, pendant une certaine période, et en particulier l'atteinte aux libertés fondamentales égales pour tous invitent **soit** à la soumission **soit** à la résistance. En se livrant à la désobéissance civile, une minorité force la majorité à se demander si elle souhaite que ses actions soient ainsi interprétées ou si, se basant sur le sentiment commun de justice, elle souhaite reconnaître les revendications légitimes de la minorité.

John Rawls, *Théorie de la justice*, « Empreintes », © Éditions du Seuil, 1987, pour la traduction française, « Points Essais », 2009.

Coup de pouce pour la colorisation

- Vous présentez d'abord ce qui ne peut justifier la désobéissance civile.
- Vous avancez ensuite ce qui la justifie : c'est votre thèse.
- Vous fondez cette thèse sur une hypothèse qui vous sert de principe.
- Vous montrez que la violation de ce principe est ce qui pose problème.
- Vous posez une distinction qui précise votre thèse tout en mettant en évidence le problème.

AVANT LE COLLOQUE

La distinction essentielle

La définition du concept-clé

La désobéissance civile est…

Un exemple illustrant le concept

L'action des faucheurs volontaires de plants de maïs transgénique dans le Sud de la France a amorcé le débat sur l'utilisation des OGM dans l'agriculture au milieu des années 2000.

La thèse proposée

La thèse adverse

Le problème dont il est question

L'argument avancé

Le lien entre l'image et la thèse (voir p. 73)

Cette œuvre de Banksy relève d'un acte transgressif, puisque le graffiti sauvage n'est pas autorisé par la loi. L'homme représenté semble être un manifestant agressif et violent, pourtant ce n'est pas une pierre qu'il va jeter, mais un bouquet de fleurs. Ce bouquet symbolise une cause porteuse de paix, qui relèverait d'une conception commune de la justice.

La réponse argumentée à la question du colloque

Des œuvres en lien avec des idées

En lien avec PLATON

Patrick TOURNEBOEUF,
série « Stèles », Bû (Eure-et-Loir) (2013)
Cette photographie est tirée d'une série consacrée aux monuments aux morts de la Première Guerre mondiale. Lieux de mémoire érigés en hommage aux soldats tombés pour la patrie, on les trouve au cœur de chacun des villages et villes de France.

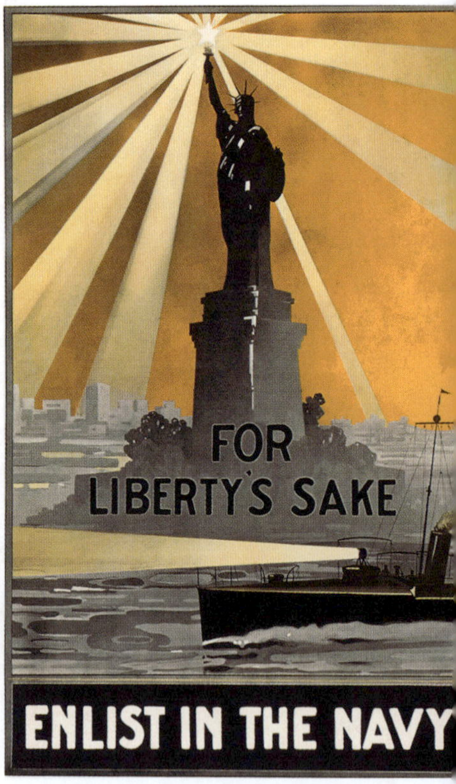

En lien avec MACHIAVEL

Keith HARING, *Untitled* (1982)
Cette peinture sur métal fait partie d'un triptyque intitulé « L'individu contre l'État ». Emblématique du *Street Art* politique, l'œuvre de Keith Haring a vu le jour dans le métro de New York et se présente comme une lutte contre toutes les formes d'injustice.

En lien avec
ARENDT

ANONYME, ***Ouvriers du chantier naval Blohm & Voss à Hambourg en 1936***
Cette photographie a été prise lors du lancement d'un navire-école au chantier naval de Hambourg. On y voit une foule d'ouvriers célébrant l'événement par le salut nazi et un homme qui s'en détache par son geste, c'est August Landmesser.

En lien avec
LOCKE

ANONYME,
For Liberty's Sake, Enlist in the Navy (1917)
Cette affiche appartient à une campagne de recrutement menée par la marine américaine en 1917 pour susciter l'engagement de la jeunesse dans le conflit armé de la Première Guerre mondiale en Europe.

En lien avec
RAWLS

BANKSY,
Love is in the air (Rage, The Flower Thrower) (2003)
Ce graffiti, politique et poétique, a été réalisé au pochoir sur l'un des murs de Bethléem, qui sépare Israël de la Palestine, par le célèbre artiste urbain Banksy, dont l'identité reste encore inconnue à ce jour.

PENDANT LE COLLOQUE

• **Je reporte la question du colloque :** ....

PLATON

MACHIAVEL

LOCKE

ARENDT

RAWLS

	PLATON	MACHIAVEL	LOCKE	ARENDT	RAWLS
Les idées					
Les raisons					
Les questions					
Les mots et les choses					

APRÈS LE COLLOQUE

À moi de jouer ! Je rédige ma réponse à la question du colloque :

.... ?

La réponse, l'idée que je suis prêt(e) à défendre : ....

....

....

....

L'idée d'un philosophe qui m'a convaincu(e) : ....

....

....

....

Les raisons qui me font dire cela : ....

....

....

....

....

....

....

....

Les questions que je me suis posées ou que je me pose encore : ....

....

....

....

....

....

....

....

Les mots pour le dire (la définition et la distinction utiles) : ....

....

....

....

Un exemple de choses qui arrivent et qui illustrent mon idée : ....

....

....

....

LEXIQUE

Les opérations intellectuelles

Éclairer ou la formulation des idées

Éclairer : faire la lumière sur ce qui est obscur et confus, faire apparaître avec netteté, mettre en évidence.

Expliciter : arriver à mettre les mots sur une idée pour exprimer ce qui peut être sous-entendu ou implicite.

Formuler : exprimer ou énoncer au moyen d'une proposition claire et précise.

Hypothèse (faire une) : formuler une proposition qui exprime une idée en supposant qu'elle est vraie, mais sans affirmer qu'on sait qu'elle est vraie.

Liens (tisser des) : mettre en évidence que telle idée peut être associée à telle idée, ou que telle œuvre peut être mise en relation avec tel texte, en fonction des éléments qui s'y trouvent quand on les développe.

Référence (faire une) : désigner un auteur, un texte ou une œuvre sur lequel on s'appuie pour formuler une idée.

Thèse (énoncer une) : formuler une proposition qui exprime une idée.

NE PAS CONFONDRE
une référence et **une idée (ou thèse)**

La référence est un philosophe, un livre, un artiste ou une œuvre, alors que **l'idée** est **la thèse** exprimée. Si elle l'est par un philosophe et si on peut en faire une référence, il n'en reste pas moins que n'importe qui peut formuler une idée ou une thèse.

Conceptualiser ou l'analyse des mots et des choses qu'ils désignent

Abstraire : considérer à part, pour une chose ou un ensemble, l'un de ses caractères, l'une de ses qualités ou l'une de ses propriétés.

Analyser : décomposer les éléments d'un ensemble.

Conceptualiser : ramener une idée ou une chose à un concept, c'est-à-dire à une idée plus générale et plus abstraite.

Concevoir : se représenter quelque chose dans son esprit.

Constat (faire un) : dire comment sont les choses.

Définir : dire ce qu'est une chose, donner ses propriétés, déterminer sa nature.

Distinguer : faire apparaître une différence conceptuelle entre deux choses ou deux notions, même si elles semblent proches.

Illustrer par un exemple : désigner quelque chose dans le monde qui permet de montrer concrètement ce que désigne une idée abstraite ou générale.

Opposition conceptuelle (établir une) : élaborer le sens d'un terme dans son opposition à un autre terme en précisant quelles idées leur sont associées.

NE PAS CONFONDRE
les exemples et **les raisons (ou arguments)**

Un exemple est quelque chose de singulier et de concret qui se trouve dans le monde réel.
Une raison (ou un argument) est quelque chose de général et d'abstrait qui se trouve dans la tête.

Problématiser ou la construction des problèmes

Alternative (poser une) : envisager deux hypothèses ou deux solutions opposées.

Contester : mettre en doute ou en discussion.

Contradiction (faire apparaître une) : montrer ce qui se contredit ou ce qui est paradoxal, soit dans le discours, soit dans les faits.

Contredire quelqu'un : dire le contraire de ce qu'il dit.

Enjeu (dégager un) : mettre au jour ce qui se décide, ce qui est gagné ou ce qui est perdu, si l'on admet telle ou telle idée comme vraie.

Objection (faire une) : s'opposer à ce qui est affirmé en faisant une critique ou en faisant apparaître une limite.

Problème (poser un) : dire ce qui est contradictoire et paradoxal, expliciter la contradiction ou la difficulté identifiée.

NE PAS CONFONDRE

problématiser et **questionner**

Problématiser, c'est construire une alternative contradictoire ou dire ce qui est contradictoire, alors que **questionner**, c'est poser des questions. Il y a plein de questions qui ne posent aucun problème. Un problème ne se formule pas comme une question, c'est une affirmation contradictoire. Pour problématiser, il est plus facile de commencer par poser des questions, mais il ne faut pas s'en tenir aux questions, il faut affirmer quelque chose de paradoxal.

Argumenter ou la recherche des raisons

Analogie (faire une) : comparer les rapports entre deux choses différentes.

Argumenter : donner des arguments, c'est-à-dire des raisons pour défendre une idée.

Conséquence (tirer une) : déterminer ce qui s'ensuit d'une idée ou de quelque chose.

Critère (dégager un) : dire à quoi on reconnaît quelque chose.

Examiner : considérer une idée ou quelque chose avec attention, application et méthode.

Fonder : faire reposer son argumentation sur une idée fondamentale, une idée qui sert de fondement.

Implication (mettre en évidence une) : déterminer ce qui s'ensuit logiquement de ce qui a été dit (dans l'ordre du discours).

Justifier (une thèse) : donner des arguments en faveur d'une idée.

Principe (poser un) : dire ce qu'il y a en premier d'un point de vue logique équivaut à « poser un fondement ». Le principe est ce qui est premier.

Raisons (dégager des) : déterminer ce qui justifie ce qu'on affirme (du point de vue de la raison).

Raisonnement (conduire un) : développer une idée en suivant une méthode rigoureuse (du point de vue de la raison).

NE PAS CONFONDRE

le fondement et **la conséquence**

Le fondement ou le principe dans le raisonnement est le point de départ logique, alors que **la conséquence ou l'implication** dans un raisonnement est le point d'arrivée logique. **Le fondement** est souvent une raison, c'est-à-dire une idée justifiée ou admise comme vraie, alors que **la conséquence** est souvent une idée qui s'ensuit logiquement de ce qui a été dit. Ce sont donc deux moments différents du raisonnement.

L'empirisme : courant philosophique qui apparaît au XVIIe siècle pour lequel la connaissance vient des sens et de l'expérience sensible (et non de la raison).

L'existentialisme : courant philosophique du XXe siècle pour lequel l'existence précède l'essence : l'homme, contrairement à un objet, existe d'abord et se définit ensuite.

L'humanisme : courant philosophique apparu au XVIe siècle qui place l'homme au centre de la réflexion et pour lequel la valeur de l'homme est au-dessus des autres valeurs.

L'idéalisme : courant philosophique qui remonte à l'Antiquité, pour lequel le monde réel est celui des idées ou pour lequel les idées de l'esprit et de la raison sont le fondement de toute réalité.

Les Lumières : courant philosophique et intellectuel du XVIIIe siècle pour lequel les hommes sont éclairés par les lumières de la raison, ce qui leur permettra de se libérer des croyances infondées pour accéder à la connaissance et à la science de tout. L'*Encyclopédie* est un bel exemple de ce que les Lumières ont produit.

Le matérialisme : courant philosophique qui remonte à l'Antiquité grecque, pour lequel tout dans le monde est fait de matière ou est réductible à de la matière.

La phénoménologie : courant philosophique qui naît à la fin du XIXe siècle et qui se donne pour tâche d'étudier les phénomènes, c'est-à-dire les choses telles qu'elles apparaissent à la conscience, en abandonnant l'idée que l'on a accès aux choses telles qu'elles sont.

La philosophie analytique : courant philosophique qui s'intéresse au langage et à l'analyse logique du langage, c'est-à-dire à la manière dont on parle du monde ou de l'homme.

La philosophie politique : le domaine de la philosophie qui s'intéresse à la politique en tant que modèle d'organisation des hommes et qui se donne pour tâche de réfléchir au meilleur modèle d'organisation possible ou de comprendre les modèles tels qu'ils existent.

Le rationalisme : courant philosophique qui apparaît au XVIIe siècle pour lequel la connaissance vient de la raison et non des sens et de l'expérience sensible.

Frise chronologique des auteurs
sur les rabats

Les termes philosophiques

Autour de la raison

objectif : relatif à l'objet (la chose face à l'homme).
subjectif : relatif au sujet (l'homme).

La dialectique : le mouvement de la pensée qui dépasse une opposition.

L'entendement : l'esprit, la faculté de comprendre.

Le fondement : le commencement d'un point de vue de l'ordre logique (ordre de la raison).

L'origine : le commencement, du point de vue de l'ordre chronologique (ordre du temps).

Les passions : ce que l'homme subit sans contrôle de sa raison (du latin *patior* : je subis).

Un préjugé : ce qui est jugé d'avance, sans prendre connaissance de la chose que l'on juge.

Un stéréotype : opinion toute faite sur une chose, acceptée sans réflexion, répétée sans examen critique et qui la réduit à un ou plusieurs de ses traits.

Autour du bien

Les mœurs : l'ensemble des pratiques sociales et morales d'un groupe d'hommes à un moment donné, sur un territoire donné.
La morale : la connaissance du bien et du mal ou la capacité de distinguer le bien et le mal.

Le bien : ce qui est bon pour soi ou pour tous.

Le bien commun : ce qui est bon pour tous.

Le bonheur : l'état de tranquillité ou de satisfaction durable de l'homme.

La dignité : le respect dû à un être par le seul fait que c'est un être.

La moralité : le fait de se conformer à la morale.

Le plaisir : le sentiment ou la sensation de satisfaction qui est temporaire.

Autour de la nature humaine

La culture : ce qui existe du fait de la création de l'homme.
La nature : ce qui existe sans l'intervention de l'homme.

Le besoin : quelque chose qu'il est nécessaire de satisfaire d'un point de vue vital ou social.

La condition de l'homme : l'état de l'homme en tant qu'homme.

Le donné : ce qui est donné à l'homme par la nature, ce qui est à lui sans qu'il ne l'ait voulu ou sans qu'il n'ait rien fait pour l'avoir.

L'essence : la nature de quelque chose.

Les instincts : impulsions premières et naturelles de l'être vivant lui permettant de survivre.

La nature humaine : ce que serait l'homme naturellement.

Autour de la loi

La légalité : ce qui correspond à la loi telle que les hommes l'ont écrite.
La légitimité : ce qui correspond à la morale.

L'arbitraire : le fait de décider sans raison.

L'État : le pays d'un point de vue politique, en tant qu'autorité ou structure organisée et hiérarchisée.

Les législateurs : ceux qui font les lois.

Une majorité : le plus grand nombre de personnes par rapport à l'ensemble des gens.

Une minorité : un petit nombre de personnes par rapport à l'ensemble des gens.

La patrie : la cité à laquelle j'appartiens, reconnue comme un père (du latin *pater* : le père).

Autour de la liberté

La liberté : le fait que je peux faire par choix.
La nécessité : ce qui doit être, ce qui s'impose à moi, sans que j'aie le choix.

L'aliénation : processus par lequel on devient un autre que soi (du latin *alius* : autre).

auto-créateur : qui permet de créer par soi-même quelque chose.

auto-négateur : qui permet de nier par soi-même quelque chose.

La servitude : l'état de dépendance d'un homme ou d'un peuple, soumis à un autre homme ou un autre peuple.

La volonté : la faculté rationnelle de faire un choix libre et éclairé.

Les courants artistiques

L'art abstrait : mouvement du XIXe siècle en rupture avec la conception traditionnelle de l'art comme imitation de la nature. Il représente des formes et des couleurs pour elles-mêmes.

L'art conceptuel : art qui fait appel à un concept (une idée abstraite) pour être produit ou compris.

L'art moderne : période artistique qui débute à la fin du XIXe siècle (plus exactement en 1870 avec Manet) et s'étend jusqu'en 1950, avec la naissance du *Pop Art*.

L'art naïf : courant artistique n'utilisant pas les techniques savantes de l'art (perspective, couleurs et dessin). Il se positionne en dehors de l'art académique, obéissant à des règles, qui est à la recherche du Beau.

L'art optique : terme utilisé pour réunir les artistes ayant travaillé au XXe siècle sur les illusions et les effets d'optique.

Le cubisme : courant artistique du début du XXe siècle qui cherche à rendre compte des différentes facettes de la réalité, en les présentant comme les faces d'un volume.

L'hyperréalisme : courant artistique apparu aux États-Unis à la fin des années 1960, qui rend compte du visible de façon quasi photographique.

L'impressionnisme : courant artistique apparu en France dans les années 1870, qui cherche avant tout à rendre compte des impressions, des jeux de lumières, de couleurs et de mouvements.

La photographie documentaire : courant qui met en avant la réalité et la neutralité de ce qui est représenté, le photographe se mettant en retrait.

La photographie plasticienne : type de pratique du champ de l'art contemporain qui utilise le médium photographique pour poser des questions esthétiques et conceptuelles.

Le *Pop Art* : courant artistique apparu en Grande-Bretagne dans les années 1950, abréviation de *Popular Art* (de l'anglais, « art populaire »), qui s'oppose à l'élitisme. Il a recours aux figures et objets de la culture de masse (bandes dessinées, technologie, publicité, vie quotidienne, etc.).

La Renaissance : à la fois période historique et mouvement artistique, elle débute en Italie au XIVe siècle, et s'inspire des canons et des thèmes de l'Antiquité gréco-latine.

Le romantisme : courant artistique apparu au XIXe siècle qui rejette les règles classiques et valorise la nature, la sensibilité, l'imagination, le rêve, et la mélancolie.

Le *Street Art* : également nommé art urbain, ce mouvement artistique contemporain s'empare de la rue et des espaces publics. Il se décline sous de nombreuses formes (graffiti, affiches, dessins au pochoir et à la craie, collage de céramique, etc.).

Le surréalisme : mouvement artistique apparu dans les années 1920, prônant l'alliance du réel et de l'imaginaire, de l'art et de la vie, et valorisant les forces de l'instinct et de l'inconscient, libérées du contrôle de la raison.

Frise chronologique des œuvres
sur les rabats

Imprimé en Espagne par Macrolibros
Dépôt légal : mars 2022 - Édition n° 1
8585712